梦的迕错

欧阳悟梦 著

江苏凤凰文艺出版社

图书在版编目（CIP）数据

梦的过错 / 欧阳悟梦著. — 南京：江苏凤凰文艺出版社，2016
 ISBN 978-7-5399-9708-7

Ⅰ.①梦… Ⅱ.①欧… Ⅲ.①长篇小说－中国－当代 Ⅳ.①I247.5

中国版本图书馆 CIP 数据核字(2016)第 239918 号

书　　名	梦的过错
著　　者	欧阳悟梦
责任编辑	孙建兵　姚　丽
出版发行	凤凰出版传媒股份有限公司
	江苏凤凰文艺出版社
出版社地址	南京市中央路 165 号，邮编：210009
出版社网址	http://www.jswenyi.com
经　　销	凤凰出版传媒股份有限公司
印　　刷	扬中市印刷有限公司
开　　本	880×1230 毫米 1/32
印　　张	6.375
字　　数	100 千字
版　　次	2017 年 1 月第 1 版　2017 年 1 月第 1 次印刷
标准书号	ISBN 978-7-5399-9708-7
定　　价	28.00 元

（江苏文艺版图书凡印刷、装订错误可随时向承印厂调换）

献给：
曾经、正在及即将爱与被爱的所有灵魂。

目 录

第一章　邂逅/1
第二章　迷失"方向"/8
第三章　舌战才女/24
第四章　凝眸/39
第五章　乱点鸳鸯谱/48
第六章　点破天机/59
第七章　"九字真言"/79
第八章　几曾忘情？/94
第九章　心有灵犀/115
第十章　风波骤起/129
第十一章　"因为我爱你"/163
第十二章　"小小的城"/175
尾声/194

第一章　邂逅

茫茫宇宙中有一个小小的光点,它被一种自称为"人类"(Human)的物种叫做"银河系"(Galaxy)。在银河系中有一个小小的天体集合体,人类称之为"太阳系"(Solar System)。在太阳系中,有一个蓝色的行星,人类称之为"地球"(Earth)。这个蓝色的星球大约诞生于四十六亿年以前,并将于大约三十亿年之后消失。大约四百四十万年以前,人类的祖先开始在这个星球上出现。从那时起,在这个小小的星球上,在这群既可爱又可怜的生灵中,每时每刻都发生着数不清的悲欢离合、恩恩怨怨。

故事发生在这个蓝色星球表面东经 $100°\sim150°$,北纬 $20°\sim40°$ 范围内的一个小小的角落;时间是公元 1985 年 8 月 21 日。

故地重游,非梦似梦已成梦。怅然若失的路梦骑着自行车,像风一吹就要飘落的一片树叶。暑假里,学生都放假了。夜色笼罩下的校园极为幽静,以致可以听见很远的地方传来的落叶的声响。路灯透过一层又一层梧桐叶,洒落一地破碎的苍白色。

泪水从路梦的眼角不知不觉地淌了下来。

"呜——"远处春申江传来的一声汽笛划破了

第一章 邂逅

寂静。

"我怎么——?"路梦问自己。

他的身体猝然一晃,前轮胎撞到了路边的一棵法国梧桐树。

他翻身下车,颓然前行,漫无目的。不久以前,他还是这里的一名学子。这里大大小小的每一条路都曾留下他的足迹,这里的一草一木都认得出他的身影,好几个路灯下都曾是他深夜苦读的"专座"。转眼间,他已成了一名"校友"——校园的匆匆过客,这怎能不叫多愁善感的路梦黯然神伤?

恍恍惚惚有两双眼睛在路梦眼前不停浮现。

一双,如江南的湖泊,波光幽柔,轻烟飘忽,叫人联想起细雨霏微的时节——珊珊的。

另一双,那是怎样的两汪深潭!如梦如幻,如慕如怨,深藏于一副珊瑚色框架眼镜的镜片后面,幽兮,邈兮,其深莫测——其深莫测的,属于伊人。

珊珊的,伊人的;伊人的,珊珊的……

混沌。真空。

一只流萤从幽暗的草坪中飞来,忽明忽暗,楚楚可怜,在路梦头顶的上空盘旋。路梦轻轻一招手,捉住了它。它的荧光是那样微弱,只有遮挡住路灯的光线才能看得分明。它又飞了,飞得很慢,飞向它所飞来的地方。

陪伴着路梦的是一辆"老坦克"自行车。它悄无声息,寸步不离,比起古装戏里的老仆人还要善解人意。

他甩甩头,额前蓬松的卷发滑落了下来。

"我以柔弱的目光轻抚

这曾在童年的梦中留给我轻烟似的忧伤的一束

就像我把自己的手

轻搭自己的头,抚弄着

曾经是那么柔软而褐黄的发……"

遥远的记忆,如同幽深而空旷的山谷。那回声竟然又一次响起,忽轻忽重,忽抑忽扬——那声音,就像那一双"江南的湖泊",波光幽柔,轻烟飘忽。伴随着充满灵气的声音,飘然而来的竟是如此熟悉的身影;依然是那么娇小,依然是那么纤柔,依然是那么飘逸,依然是披肩的长发半掩着清秀、动人的那张小脸。

"珊珊!"他的灵魂在记忆的山谷里深深地呼唤,"珊珊……"

静静的夜里一阵急促的"唰唰"声,仿佛就是回答。一片树叶,枯黄,憔悴,从树上飘落下来,依依不舍地停在他胸前。

他发觉自己已停留了好久。

"该回去了。"他告诉自己。

"悄悄地我走了,

正如我悄悄地来;

我挥一挥衣袖,

不带走一片云彩!"

路梦擦干了眼角的泪痕,不再抱任何希望。一直走到了离西大门不远的一号宿舍楼前的小竹林旁。

他突然有一种不可思议的直觉——珊珊来了。

蓦然回首,不远处,三个女孩,抱着讲义、课本,并排走着。中间那个"连衣裙",那么熟悉的倩影,那么熟悉的步姿,那么熟悉的秀发,那么熟悉的风韵——是她,路梦的眼睛没有骗自己。

他跳下车,那么急切,那么不顾风度。他追上她,那样激动,那样语无伦次:"珊珊,你,怎么,今天就来了?"

"啊,你?"同样激动,惊喜,在这刹那间。在这刹那间,珊珊也在怀疑自己的视觉是否出现了问题。

第一个刹那过去了。第二个刹那。对视,沉默。尔后,他问她,语调轻柔:"今天就来了,是不是……补考?"

"嗯。"娇怯的脸上飘来一片愁云。

"一起走走,怎样?"他要驱散那片愁云。他的声调坦诚得就像一缕清风。

"嗯。"答声温柔如梦。

顷刻,珊珊翩然而至早已回避一旁的她的两位同伴跟前,轻声说了些什么,又翩然返回路梦的身边。

第二章　迷失"方向"

夜已深。路梦深深吸了一口气,感觉毫无倦意。

室友正在酣睡,鬼知道他是在神游东周列国,还是在上西天取经。只是他那"呼噜呼噜"的声响,高一阵,低一阵,叫人实在无法消受。

路梦摇了摇床,鼾声依然。于是,他想起法国影片《虎口脱险》里的一组镜头,顿有所悟,对准室友的方向吹开了口哨:"嘘……嘘……嘘——"

寝室里静了,室外隐隐的虫鸣便显得清晰起来。路梦闭起眼睛,谛听这大自然赐予的单纯的音乐:"唧唧,唧唧,唧唧……"

今晚,路梦不能不想珊珊,不能不想脉脉含情如江南湖泊的那双眼睛,就像不能不回味《志摩的诗》中《沙扬娜拉一首》的意境在今晚与珊珊临别时穿越时空的"翻版":

"最是那一低头的温柔,

像一朵水莲花不胜凉风的娇羞。

道一声珍重,道一声珍重,

那一声珍重里有蜜甜的忧愁。

沙扬娜拉!"

路梦打开手电筒,又一次从枕下取出珊珊一个月前就寄给他而他今天才收到的信,又一次端详信封中那张别致的卡片。

　　卡片正面,以秋天的暮色做背景;暮色中,一片枯黄的树叶飘摇在半空;衬托着这落叶的,是右侧的一棵高大的梧桐树;树梢所及的左上角,斜题着一行黑色圆体小字——"A Falling Leaf"。卡片背面,排行别致地写着数行小巧的钢笔字——

"树上,

落下一片金色的树叶,

就像秋之声里,

遗落一个和弦。

没有人,捡起这片落叶,

就像没有人理解秋,

知音,在很远的地方,

还没有人,还没有。

也许,已经属于亘古,

和土地的历史一样悠久;

也许还没有诞生,

第二章 迷失「方向」

年轻得没有轮廓。

没有人知道,

风怎样卷走了这片树叶。

没有人听见,

秋深深的叹息。"

落款是"沈眠赠苏醒 1985年7月21日"。

借着手电筒的光亮,路梦久久地玩味着那片落叶、那首诗。秋风瑟瑟,一叶飘零,那是怎样的意境!

曾几何时,路梦因秋风兴叹,以"芦花"自况,漂泊的灵魂祈求着超脱,期待着归宿,写下了一首除了知交张志高之外谁也没有真正读懂的《芦花》。这首诗,他用笔名"苏醒"发表在全校第一本纯文学杂志《启明星》创刊号上。路梦是《启明星》创刊号的责任编辑。校方很重视这本学生刊物——校长亲自为它题词;副校长、团委书记都担任了顾问。后来,他惊讶地发现世上居然还有那么一位红颜,不仅真正读懂了它,而且那样地喜欢它。

曾几何时,路梦的灵魂又一次飘零,在炎热的盛夏——"最后一次晚餐"时伊人的"异常"表现给他的心灵深处造成了极度的震撼,使他始终郁结在胸,无法排解。他无法理解更不能接受伊人这么快就"变了心"。

路梦点燃了一支"时运"(Silk Cut)牌香烟,深深地吸了一口,喷吐出或大或小的圆环,一个,又一个,旋转,扩散。

在他心灵的屏幕上,今晚跟珊珊在一起时的镜头,在一个片段、一个片段地交替放映:

忽而一前一后,忽而一左一右,小路上,只有路梦和珊珊。始终保持着一定的距离,又始终相隔无几。

"要补考几门?"

"数学、物理,还有机械制图。"

"不要紧的,不要怕。我有过六门功课补考,每一关还不是全都闯过来了?要有自信,你能考好,一定能考好!"

"你也会补考?"

"嗯。一年级的时候,我遇到一场无妄之灾,当时,对一个刚满十六岁对未来充满美好憧憬的少年来说,简直天塌了似的,心灰意冷,根本就没有心思读书。哦,我指的是学校规定要读的书,所以,落了个四门功课开红灯的结局。不过,补考都通过了。三年级第一学期,我感情方面受了点挫折,整天心神不定,所以,又增添了两盏红灯。加起来,大概可以举办灯展了。"

"是吗?"

"不过,到了三年级第二学期,理智告诉我,非得好好读书不可了。因为,从那时起,学的都是专业课——将来'吃饭'的本钱,而且直接关系到毕业大计。从此,补考生涯结束。尽管当时实际上仍旧不太用功,但是,总算熬过来了。"

"哦——"珊珊的目光和路梦的目光交汇在一起。刹那间,路梦感觉到珊珊的眼睛出现了风和日丽的景色。他被这难得一现的绮丽的美景深深的吸引,深深的打动。

共一张课桌、一张木椅,教室里,只有他俩在一起。窗外的夜幕成了一道美妙的背景。彤云从珊珊的脸上倏地升起。

路梦感觉到自己剧烈的心跳。

珊珊打开《物理笔记》,一页一页慢慢地翻动。忽然,她停了手,目光盯住一道题目:

在磁感应强度为 0.4 特斯拉的匀强磁场中,有一段 20 厘米,且跟磁场方向成 30°角放置的直导线。当直导线中有 10 安培电流通过时,直导线所受的磁场力有多大?方向如何?

路梦问她:"怎么不翻下去了?"

"我来做做看，"珊珊说道。

这页的空白处出现了：

"解：

根据安培定律公式，直导线所受磁场力为

$$F = ILB \sin \theta$$
$$= 10 \times 0.2 \times 0.4 \times 1/2$$
$$= 0.4 \text{ 牛顿}"$$

她侧首而问："方向？该用左手，还是右手啊？"

"啊，方向？"其实路梦的灵魂早已迷失了方向。

"我问你啊，"珊珊娇嗔道，"是不是该用'左手定律'呀？"

"噢，'左生有感'。"路梦背诵着几年前自己发明的咒语，"有感，右感，大概是用'右手定律'吧！"

"胡说！"珊珊嫣然一笑，"我记起来了，'左手定律'，明明要用'左手定律'判断嘛！"她竖起左手掌敏捷地一转："方向朝里，指向纸头里面！"

"好啊！"路梦感到脸、耳发烫，"大胆珊珊，明知故问,竟敢戏弄本官!来啊,把她拉出去,重打四十大板!"

"哧——"珊珊失声而笑,"先挨板子的,该你才对。胡说八道的,还说要帮我复习呢!"

他俩"嘚嘚"的足音配合着"老坦克"自行车"吱吱"的噪音为他俩的沉默伴奏。这"音乐"已持续了很久。

"我写给你的那封信,收到了吗?"珊珊忽然终止了这"音乐"。

"没有,"路梦一怔,"什么时候写的?"

"很久了。是一张卡片,哦,上面有一首诗。"

"诗?你寄到哪儿了?"

"哦——一首很普通的诗,《萌芽》上摘的,"珊珊接着说,"我不知道你的地址,所以,就寄到了学校里。"

"好傻呀,珊珊!"路梦心想,"我都毕业了,你还寄到学校,我怎么能收到呢!"

第二章 迷失[方向]

路梦告诉珊珊,他在这所学校读书的四年多灾多难,然而,一旦离开了,却又是那样对它充满了眷恋。"这里的一花一树、一草一木目睹了我的沉浮和悲欢!"

珊珊和路梦谈论起"浪漫与浪荡、洒脱与放肆,都只是一纸之隔,却又有着本质的区别"。仿佛是无意,她跟他提及暑假里,她的班主任家访,跟她爸爸说她"不太规矩"。她幽幽地说:"都是为了你呀!他看到了,那天——"

霎时间,地球飞速倒转,回到了一个多月前的那天。路梦的毕业设计已告尾声,只等着最后一道程序——毕业答辩。离毕业的日子越来越近,弥漫在路梦心头的离愁别绪越来越浓。

下午两点钟光景,路梦夹着那本复习得已没有什么可再复习的三十多页文字说明与二十多张铅稿图纸装订而成的毕业论文,百无聊赖地从"东教大楼"三楼自己的教室里走出来。走到二楼楼梯时,一眼望见了珊珊和她的班主任正在她的教室外的走道里坐着,谈论着什么,旁边的长椅上还坐着其他好几位同学。他朝那边点了点头,因为珊珊和那位班主任都看到了他,而路梦也认识那位班主任。只是连路梦自己也搞不清楚,他这到底算是在跟谁打招呼。

尽管见到珊珊总会激起一阵莫名的欣喜甚至是一种微妙的感觉,百无聊赖的路梦这时依然继续走着百无聊赖的路。

下了二楼,接下来是一楼。就在二楼与一楼的转折平台处,突然传来了匆匆的足音伴随着匆匆的娇音:"哎,那个,你,等一等!"

路梦回过头,珊珊!说不清是惊是喜。

"你,送我一首,赠别的诗,好吗?"她说,波光幽柔的那双"江南的湖泊"里,有盈盈的期待。

"给你……?赠别诗……?让我写……?"

"嗯,"那含愁的眸子正对着他,"好吗?"

"好的。"路梦微微颔首。

停了停,珊珊又说:"20日晚上,你到郭先生办公室里等我,好吗?"

"哦。"路梦又轻轻地点头。

"你怎么不说话呀?"珊珊的声音,娇怯、温柔。

"哦!"路梦猛然想到珊珊后天还要补考,想到假如补考不及格将会有接踵而来的种种不测,想到当初自己如何以不屈的意志与因一再补考而招致的补考以外的可怕的力量抗争,想到作为一个比珊珊年长三岁的男子汉此时应该为如此美好、如此可爱又如此娇弱的小珊珊不再遭受更多的伤害而担负起怎样的责任。"珊珊,"路梦温柔地说,"好好地复习。我该回去了,看,都快十点了。"

"刚刚见面,又要分手了,"珊珊的声音近乎耳语,"能不能,再等一会儿?"

"我……"路梦的心被珊珊那轻轻的呼唤重重地

震撼着。

分手的时刻终于来临。腕表的指针再度提醒路梦:不能让珊珊休息得太晚,明天,她还得为补考做最后一次冲刺。

"我必须走了,珊珊。"

"能不能……"

"不,"路梦的声音隐约地在颤抖,"我必须走了,必须!"

冥冥中的造物主啊,只有你才明白,此时的路梦心头也正有离愁万斛;只有你才理解,情到深处似无情。

"你回寝室去吧!"路梦毅然对珊珊说,近乎命令。不等珊珊开口,又补充道:"早点睡觉,明天好好复习一下,抓紧时间。"

"嗯,一定,我要……"珊珊温顺地望着路梦,目光所诉说的更多。

"走呀!"路梦催促珊珊。

"不,我要等你上了车再走……"

"你先走,我再上车!"

"不,你先上了车,我再走。"

佛啊,上帝啊,造物主啊,所有的神明啊,再这样下去,路梦还舍得走吗?他多想抱住珊珊,紧拥她,狂吻她!他多想让地球从此停转,让这一刹那永远地留住,化作永恒!

路梦登上了自行车的脚踏板,准备出发。再度回眸——哦!"最是那一低头的温柔,像一朵水莲花不胜凉风的娇羞……"

车子早已驶过 90°转弯。路梦又一次回头,已不见珊珊。

风吹落叶的"唰唰"声又一次响起。回荡在路梦脑海里的只有一个念头:"马上到校门口的收发室,查找那封信!"

香烟已燃到了路梦的指头,痛感把他从回忆中唤醒。

他甩掉烟蒂,吹去草席上的烟灰。

"冥冥之中,人与人之间真有缘分吗?"他抽出第二支"时运","哧"一声点燃。

"那么,我和伊人之间为什么会……"他吸了口烟,徐徐地吐出。

"伊人……为什么……"他又猛吸了一口,鼻孔里喷出两道烟柱。

"伊人与我何干!既然她有她的选择,那么,我也会有我的归宿!"他用手指重重地弹击"时运",烟灰自烟头纷纷地飘落。

"哦,不,""毕业留念册"上伊人情真意切的留言字字句句历历在目,"也许,她只是故意想'刺激'我一下……哦,不可能的,她怎么能在这个时候以这样的方式跟我怄气呢?都说女人是善变的动物,一定是的……哦,天哪,这究竟是怎么一回事儿?"路梦又深深地吸了一口。一阵咳嗽。

　　他掐灭了未燃及一半的"时运"，静静地躺下，枕着双臂，陷入了更为遥远的回忆。

梦的述错

第三章　舌战才女

一本崭新的黑封面硬面抄日记本。

1982 年 10 月 23 日,星期六,多云转晴:

真的晴天了!

将来要是我写小说,一定要把灾难深重的这段经历告诉世人:让人们彼此了解、理解;让人们不再因为误解而造成难以弥补的伤害;让人们互相关爱;让世界即便在严冬也不存在冷酷;让天地间永远温情脉脉。

天气真的转晴了!为什么我突然会有这种感觉?

方敬竹真有趣。敬竹——我觉得这老头最近变得酸"劲"十"足"起来了:一会儿开班会,为我平反昭雪;一会儿找我谈心,茶点招待;一会儿又让班委、团支部跟我做"思想工作"。

"恨不相逢未剃时"!方老师,你为什么不早一年就做我的班主任呢?太晚了!弟子早已看破红尘,心冷空门——"雨笠烟蓑归去也,与人无爱亦无嗔"。

哦!我为什么会突然感到天气转晴了呢?而且感觉如此强烈!

她的目光像太阳。哦,不,哪有这样的比喻?

把眼睛比作星星倒是不乏先例。可是,星星闪烁着寒光,根本不会给人以温暖的感觉!胡扯,小学《自然常识》里提到过的,许多星星是发光又发热的,只是因为距离地球太远,人们才感觉不到它们的热量。

对,她的眼睛犹如两颗小小的星星,微微地闪烁,微微地发着光和热。

为什么,我为什么要记下这些?

路梦搁下了笔。

一进"电校",路梦放弃了初中时天天写日记的美德。想当初,全校的同学都认识他,全校的老师都欣赏他。

"路梦又是年级第一名。"

"别看路梦白面书生文质彬彬的,其实他还会武术呢!"

"路梦的作文总是被老师当作范文,上课时念给同学们听!"

"路梦多像《三笑》里的唐伯虎,有才气,有骨气,人又长得那么帅气!"

"路梦上课经常打瞌睡,功课却这么好!"

初中三年，无论到哪儿，路梦都会听到关于他的"神话传说"。若干年后，路梦依然是那所中学的传奇式人物。

方敬竹踱着方步悠悠然地走进教室，带着浑身的酒香。晚餐一杯酒，是他的习惯；酒后进教室监督他的学生晚自修，也是他的习惯。这几天，他总爱往路梦这儿跑。一闻到酒香，路梦就知道是"姚鼐"老师来了，就慌忙收起今天新买的日记本。"姚鼐"是同学们私下对方老师的戏称——讲解《登泰山年记》时，方敬竹把姚鼐的"鼐"（nài）音发成了"赖"（lài）音。同学们便封了他一个"姚鼐"的雅号，而且，也学舌把"鼐"（nài）音念成"赖"（lài）音。

"姚老师……哟！方老师——"路梦庆幸没把"鼐"字漏出嘴。

"路梦——"不急不缓的语调，不轻不重的声音，颇具儒者风度——大概当年拖着长辫登山作记的桐城姚蒱也是这番风味。

"路梦——"他怕路梦没有听见似的重复了一声,"诸葛延老师找过你没有?"

"猪狗眼!哼!"路梦尖刻地反问,心里嘀咕道,"猪脑袋、狗眼睛的那位先生?"然后道,"没有啊!"

"哦——"方敬竹轻轻地晃了晃他那旧时代文人的正直的脑袋,"我跟他打过招呼,要他向你赔礼道歉。唉——"他又摇了摇脑袋,"作为老师,把学生伤害成这样,太不应该!"

一提起前任班主任、体育老师、部队转业军人诸葛延,路梦的心头总会升起一股无名的怒火,与此同时,诸葛延当时把他列为重点怀疑对象进行隔离审讯时,"把握十足"的"审讯词"魔鬼般的吼声又一次在他的耳畔萦回:

"路梦啰,放学之后别的男同学都在踢足球,都是有证明人的啰,只有你一个人待在寝室里,所以,你的作案嫌疑最大啰!"

"路梦啰,我们党的政策你是知道的啰,'坦白从宽,抗拒从严'啰!"

"路梦啰,群众的眼睛是雪亮的啰,你要相信组织啰!"

"路梦啰,材料我们还是有的啰,就看你能否主动交代啰!"

"路梦啰,当前破案的技术还是很先进的啰,不怕找不到证据啰!"

"路梦啰,狐狸的尾巴是藏不住的啰,总会留下蛛丝马迹的啰!"

"路梦啰,你要认清形势啰,争取做无产阶级革命事业的接班人啰……"

哦,当时,当时的路梦还不足十六周岁。当时的路梦独在他乡为异客,上天无路,入地无门,根本不懂如何依靠法律的武器保护自己。当时的路梦饱尝了同班同学的白眼。最难忘怀的是,有一天在宿舍里,他走近少不更事而充满了盲目的正义感的霍迥庚同学的床边时,霍同学一边说"臭烘烘的,走开点"一边朝他的身边吐唾沫。他久久地咀嚼着那些成语:人言可畏、众口铄金、积毁销骨。当时的路梦过早地看清了人心叵测,世态炎凉,落井下石。当时的路梦想到过死,但他不愿不明不白地死,他要像日本影片《追捕》中的杜丘那样追查自己被无辜陷害的真相。于是,他放浪形骸,成了"怪人":焚香,礼佛,坐禅,诵经,上课懒得听,作业懒得做,数学、制图考试出现了有生以来史无前例的红灯。于是,他成了一些人茶余饭后的笑料,成了一些同学眼中的"疯魔",成了与班级小集体"脱轨"的"隐士",一边"隐居"于任继愈的《中国佛教史》《中国哲学史》(多卷本),试图从佛学和哲学中寻找命运无常、人生痛苦的答案;一边"隐居"于唐诗、宋词……在与古之伤心人的心灵共鸣中得到慰藉;于是,他不再怕不明真相、不谙世事的同学的误解和中伤,不再怕因为成绩一落千丈而招致的父亲的责难、母亲的哽咽……"往事依稀浑似梦,都随风雨到心头!"哦,终于活着!

"方老师——"半晌,路梦才对身边站着的方敬竹说:"刚才,夜自修前,郭平遥、韩晓露他们几个团干部找我谈过话了。反正,过去都已经过去了,我也不计较什么了。"

"信佛,我是说,你不要再去信佛,"方敬竹的头又开始晃动起来,"那个东西,消极,颓废,没有意思。"

"哦,"路梦露出一个略带几分无奈、几分凄凉的笑容,"思想,不是一朝一夕形成的。您说是吗?所以,也不可能一朝一夕就会改变的。"

路梦以他那清澈而忧郁的眼睛打量着方敬竹,那张因喝过酒而显得红润的脸庞,有一份老态、一份慈祥、一份沉思,还有一份忧郁。他为他那年近花甲的班主任脸上的这一份因他而起的忧郁的神情而深深地感动。"也许,过一段时间,我会变的。"他轻轻地近乎安慰地对他的"姚鼐"老师说道。

"好,好,好,"方敬竹连连点头,"抓紧时间温习吧。哦,还有,这次力学测验成绩出来了,你考得蛮好,我问过陈老师的。"

晚自修快结束时,路梦又捧出那本崭新的日记本,读起了用蓝黑墨水写的、墨迹尚未由蓝变蓝黑的文字。读到最后几行时,他感到自己的心湖深处,有一种异样的波澜在微微荡漾……

"对,她的眼睛犹如两颗小小的星星,微微地闪烁,微微地散发着光和热。"

情不自禁地,路梦转过头朝那微微地闪烁、微微地散发着光和热的两颗"星星"望去,那时,她跟他不坐在同一排,在另一排,隔得较远。

这两天,同班同学对路梦的"外交政策"出现了180°的大转弯,这使路梦在感到轻微的欣慰的同时感到并不轻微的愤恨,自然而然地,他联想到另一个成语——锦上添花。当时全班唯一不使他产生如此联想的,只有他的同桌"瘟羊"——"温"文尔雅的"杨",姓杨名建平。

杨建平是灾难岁月里全班唯一带给路梦一丝欢笑的人。他有着温文儒雅的气质,与任何人都能融洽地相处。他从来没有伤害过路梦,即便在路梦被无端怀疑为班级男生宿舍接连发生的两起现金失窃案中的"梁上君子",而成为"众矢之的"之时,他也曾客观地说过公道话:"根据我对路梦的了解,我可以断定,路梦不可能是那号人。"路梦暗自伤感的时候,他会温和地扯上几句,什么"今日能容天下之谤者,他日乃能受天下之誉"啦,"天将降大任于斯人也,必先苦其心志"啦,"塞翁失马,焉知非福"啦,"男儿有泪不轻弹"啦,这些陈词滥调虽不华丽,却是雪中送炭,弥足珍贵。

同往常一样,晚自修散后,路梦和杨建平一道走出教室。

走进全班几十位男生一起居住的由教室临时改造的大寝室,路梦就钻进了蚊帐围起的一己小天地。蚊帐之外是一片天南地北的高谈阔论。

路梦还是路梦,孤独、冷漠。然而,那双星星一般闪着异样的光芒的眼睛突然深深地映刻在他的脑海里,再也无法抹去。

那是晚自修前。路梦这个恍惚五日京兆似的当过他们班级的第一任团支部书记而今成了团支部帮助对象的"后进青年",被第二任团支部书记郭平遥、团支部组织委员韩晓露、团支部宣传委员严镇槐,请到了教室外的走道里。据称,他们是奉方老师之命、受方老师之托来"帮助"他。

郭平遥:"路梦,方老师他说,现在真正的小贼已经捉出来了;你的冤枉么,也平反了。方老师说,你应该想开点,不要再去信那个虚无缥缈的佛了。"

路梦:"这些话,方老师已经对我说过了,你再放一遍录音也没有多大意思。"

郭平遥:"路梦,你知道的,我不太会说话,可是,我们是出于真心来帮助你的。"

路梦:"谢谢。只不过现在并不是我最需要帮助的时候。"

严镇槐:"我知道你的嘴巴厉害,路梦。看来,只有韩晓露才是你的对手。"

路梦:"劳烦赐教,韩晓露。"

韩晓露:"哟,向我开火啦,路梦,我们是一片真心啊!"

路梦:"三颗血淋林的人心,我可消受不起!"

韩晓露:"哎哟,你是想跟我吵架呢!说起话来,句句带刺儿。"

路梦:"岂敢。你想说什么?"

韩晓露:"不知道是否可以让我们知道,你为什么要信佛呢,路梦?"

路梦:"苦闷中的寄托,寂寞中的安慰。知道么,佛学是一门伟大的哲学。在我的灵魂孤苦无依的时候,我突然发现了它——沙漠中的绿洲。"

韩晓露:"哟,看你还是共青团员呢!你不知道'宗教是鸦片'吗?"

路梦:"恐怕比你更知道。'宗教的苦难是现实苦难的表现',又是对这种苦难的抗议。宗教是被压迫生灵的叹息,是无情世界的感情,正像它是没有精神状态的精神一样。宗教是人民的鸦片。'"

韩晓露:"哟,你的歪理倒还真是'一套一套'的呢!"

路梦:"谬奖了。此乃卡尔·马克思所言。按照你们的逻辑,乃是革命真理。记住,这段话写在《黑格尔法哲学批判导言》里;而且,请注意,卡尔·马克思明明在前边还写了与'抗议'、'叹息'相关联的话,你们怎么可以断章取义,只见'鸦片'而不及其余呢?何况卡尔先生有关宗教的论述都是'就德国而言',而不是泛指一切。"

严镇槐:"看不出来呀,信佛的路梦居然还研究过马克思呢!"

路梦:"不必讽刺打击。至少,我比某些口口声声马克思、牛克思的道貌岸然的'正人君子',多读过几篇马列著作。"

郭平遥:"哟,又来啦,我们可不是来打仗的呀!"

韩晓露:"嗳——佛教那么值得你留恋,到底好在什么地方呢,路梦?"

路梦:"马克思先生说过的,我不必再啰嗦。马克思没有说过的,我想给你们开开眼界。佛教,尤其是佛教大乘派禅宗的经典,比如《六祖坛经》,主要阐明的是一个'空'字。你韩晓露也好,我路梦也好,对地球而言,是那么渺小,'渺沧海之一粟,寄蜉蝣于天地间';而地球对太阳系而言,只是一颗小小的行星;太阳系对整个银河系而言,又是那么微不足道;银河系对茫茫宇宙而言,又是那么微乎其微!看一看吧,你我在这茫茫的宇宙中该是何等地微乎其微、渺若尘埃,何等地'趋近于零',何等地可以用一个'空'字便能概括,无论空间还是时间!"

韩晓露:"哎呀,这是算路梦向我们宣扬佛法呢,还是算我们帮路梦做思想工作啊?"

路梦:"你说服不了我,又能怪谁呢?要是硬要把高帽子往我头上套,那么,我路梦只好无条件投降了!"

韩晓露:"啊呀,说哪里话呢,我们是真心帮助你呢!"

路梦:"真的?我最怀疑你韩晓露有没有真心。"

韩晓露:"你又来刺我啦,人家是真心诚意地帮助你嘛!你怎么'狗咬吕洞宾,不识好人心'啊?"

路梦:"是好心么?我看,我不好再一次轻信。"

韩晓露:"我可以发誓呀,是好心的嘛!"

路梦:"嗯。没有撒谎。你的眼睛,已经证明。好心——会有好报的——"

刹那间,路梦被韩晓露那与众不同的目光深深地吸引了。

第四章　凝眸

季节虽在明显转变,路梦的思想却并未发生明显"转变"。

曾经蒙受的不白之冤虽然已经得到平反昭雪,但是,仍有人在背后指指点点地说路梦"怪",说路梦"孤僻"。主动接近路梦的那些同学,像"小胖"徐国民、

"足球迷"沈利华、"学霸"郭平遥、"慢半拍"魏桦旺、"棋迷"张小明等人,当然,少不了"瘟羊"杨建平,偶尔也能从他那清瘦、苍白的脸上捕捉到飘忽而过的些微的阳光和青春的气息。

十七八岁的生命树上总会开出梦的花蕾。

"蒹葭苍苍,白露为霜。所谓伊人,在水一方……"

期末大考已结束,分数虽然还没有下来,但是,路梦心中有数:这学期的成绩单不会再招致父亲的"金刚怒目"。

自从那次"帮助"之后,韩晓露并没有真的再"帮助"过路梦什么。

老实厚道的郭平遥倒是一再主动关心路梦,什么"学习吃力不吃力"呀,"上课能不能跟得上"呀,"英语有没有疑问"呀,三天两头在学业方面敲路梦的"木鱼"。

第四章 凝眸

一天下午,班会课散后。

正准备和"瘟羊"、"足球迷"一起走出教室的路梦突然被方敬竹叫住:"路梦,你留一下。"

"嗯?"路梦应声趋向方敬竹。

"我找你有点事儿。"微微晃动着脑袋的和蔼可亲的"姚鼐"老师说。

"噢!"路梦看到方敬竹从讲义夹里翻出一张对半折叠的粉红色的纸头。

"路梦,"他说,一边掀开那张纸头,一边递到路梦跟前,"寒假里,要开个家长会。华亭的,放在华亭教师进修学校开。到时候,请你家长来——喏!"

路梦接过纸头,只见上面打印着:

家长同志:

兹定于一九八三年一月二十九日上午10:00,假座华亭教师进修学校会议室,召开学生家长会。会议重要,请务必准时出席。

　　此致

　　敬礼

　　　　　　　　　　江城机电制造学校

　　　　　　　　一九八三年一月二十日

　　落款处盖了"江城机电制造学校办公室"、"江城机电制造学校学生科"两枚鲜红的圆图章。

　　路梦对这两枚大印所显示的会议重要性感到好气又好笑。忽然,他想到那个小贼阮某也是华亭人,华亭人就要同在华亭开家长会。我堂堂正正的路梦的父亲,怎么能跟这种看了几本《福尔摩斯探案集》就自以为深得秘传,就可以顺手牵羊,不留痕迹,巧施妙计,嫁祸他人,自以为天衣无缝的小贼的父亲——同室开会,平起平坐?

　　"我爸爸——不会去的!"路梦大声吼叫,转而又拿腔拿调、掷地有声:"我爸爸,不会跟小贼的爷老头

第四章 凝眸

一道开会的!"

"哦,路梦,路梦,"方敬竹接住路梦扔还给他的请柬,"姚鼐"味儿十足地絮絮叨叨:"路梦啊,不是我方老头子迂腐,你不该揪着人家过去的辫子死死不放,要给人家重新做人的机会嘛,还有,'君子不记小人过'嘛。路梦啊,我看你跟一般同学不一样,我是出于爱护你,所以,哦,不要学那些凡夫俗子。家长会么,还是要请你父亲参加的——这次我们是想摸摸家长的底,了解了解他们对子女将来毕业分配的意愿。哦,还有,还有,要向你父亲郑重道歉,因为过去,学校里的工作没做好,伤害了你。哦,还有,还有,解决解决你信佛的问题——思想问题……唉!"

"方老师!"路梦急切地说,"不要在我爸爸面前提我在学校里受的那些委屈。"

"为什么?"方敬竹大惑不解。

路梦一激动便满脸滚烫,望望方敬竹,又转身一看——大惑不解的竟然还有那么一群"观众"。"观众"中,韩晓露正暗自凝眸注视着路梦。当路梦的目光与韩晓露的目光相碰的一刹那,韩晓露的脸颊骤然绯红。路梦的心霎时一怔。

"为什么?"方敬竹又问,问得路梦猛地回转身来。

"哦,方老师!"路梦期期艾艾地吐出一个个字儿,"我,我爸爸会,伤,伤心的,如果,如果他,知道我,我在,学校受的委屈——"他喘了口气,"我,我从来没有,告诉过父母,我的事儿。"

"啊?为什么?"

"为什么?为什么我要告诉爸爸、妈妈?让他们大老远地赶到这里,来大吵大闹,来找'猪狗眼'评理?他妈的!只要世界上有这种畜生存在,天理就尽给恶狗吞光了!"

只要路梦一想起那段"劫难史",一想起那时诸葛延摇头晃脑、阴阳怪气地审讯他,随即又以"改选"的名义罢免他的团支部书记职务,以致急剧加深了同学们对他的误解,他就会徒然升起一腔怒火,徒然变得玩世不恭——这种连锁反应在心理学中被称为"过敏记忆"。

方敬竹未必懂得心理学原理,却非常懂得路梦这颗稚嫩而受伤的心灵。

"哦,路梦,路梦……"萦绕路梦耳际的又是"姚鼐"式的安慰。

"路梦起得晚,

醒来十点半,

妈妈做午餐,

儿子当早饭。"

"懒鬼!到现在才起床,还念什么歪诗呢!"正在做菜的妈妈对着手忙脚乱地准备刷牙洗脸的长子好气又好笑地道,"弟弟、妹妹早都起床了。我看你这个做大哥的,越活越小,越活越不像话啦!"

"嗯哧,"路梦笑道,"不像话,那像什么呀?"

"我看哪,"妈妈皱了皱眉,"我看你呀,就像妹妹

《语文》书里的寒号鸟——'太阳暖和,得过且过'。"

"得啰啰,得啰啰,"路梦边笑边叫,"妈妈你不知道,我这是养精蓄锐啊!你儿子是天才。世上所有的天才都爱睡懒觉。"

"胡说八道!"

"哎哟,妈妈!天才儿子还要胡说九道呢!过两天,我又要开学了,开学之后,又要受苦受难了。唉,学校里,天天都睡不成懒觉。睡不成懒觉,时间一长,天才的灵性就会消失的。"

儿子的"胡说九道"妈妈并没有全部听清,但是,妈妈却清清楚楚地听见了那一句"开学之后,又要受苦受难了"。在学校里,儿子并非在享福,而是在受苦受难,这是直到公元1983年1月28日晚上妈妈才知道的。那晚,路梦迫不得已,叙述了那段"劫难史",寥寥数语,平心静气,却像一颗平地惊雷炸得全家震动。公元1983年1月29日晚上,路梦的父亲开完家长会回家,动情动容地描述:小贼的老爹一把鼻涕、一把眼泪地替他儿子忏悔,狼狈不堪;学生科科长代表校方低声下气地再三赔礼道歉。那天,路梦全家总算出了一口恶气——正义虽然迟到,天理毕竟还在。

"路梦……"妈妈轻声呼唤,儿子猛然回头,妈妈的双眼盛满了怜惜,盛满了母爱,盛满了难以言喻的牵肠挂肚——难道儿子真的又要"受苦受难"去了吗?

第五章　乱点鸳鸯谱

"电校之音"、"电校之音"——男的声音,紧接着,女的声音。广播里传来了朱明瑛演唱的《童年》:

"池塘边的榕树上,

知了在声声叫着夏天……

多少的日子里总是一个人面对着天空发呆,

就这么好奇,就这么幻想,

这么孤单的童年……"

晚餐过后,正在学校的小花园内散步的路梦,被这《童年》唤回了童年。

紧接着《童年》的是另一首海峡彼岸传来的歌曲,"电校之音"还在广播。

电校的梅花堪称一绝,这是路梦独到的发现。薄暮降临,幽香阵阵。路梦忆起元代赵孟頫的梅花诗,不觉脱口而出:"潇洒红梅似玉人,倚风无语澹生春。"

"曲中桃李元非侣,梦里梨花恐非真。"有人抢先念出了后边两句。

"施鲲鹏!"路梦先是一怔,随即看清了抢先念诗之人。

"原来是路梦!我还以为是何方怪物呢——竟然背诗给梅花听!"

戴眼镜的施鲲鹏身体颇棒,头发颇长,神态颇

"惊",开起玩笑来总带几分夸张。

"喔唷,"路梦回敬,"我以为'武林豪杰'施鲲鹏只会几下猫拳、狗拳、螳螂拳,想不到竟是文武全才!"

"喔唷,大出所料,"施鲲鹏接招,"只知道路梦是位花拳绣腿的太极'高手',没想到居然学富五车、才高八斗!"……

一场舌战,几个回合,彼此颇有相见恨晚之感。

认识施鲲鹏,早在一年前。萍水相逢,点头之交。一年来,路梦只知道他的"武艺"比自己强一点,年纪比自己大三四岁,高出两届,此外对他一无所知。

不打不相识。想当初"草坪比武",路梦领教过他的武功,这回"花园舌战",路梦竟又领教了他的"舌功"。

他的"舌功"确实非同小可。路梦读诗,很少背诵。比如说,蘅塘退士编的《唐诗三百首》,路梦虽在初中时就读过几遍,但是,真正能背得出的未必超过三十首。施鲲鹏不同。此人口若悬河,滔滔不绝;长诗顺背，短诗倒背，让人惊叹"非佛即仙，非神即怪"。路梦感到十分激动，万分钦佩。

夜自修的预备铃响起，二人依依作别。

以后的日子里，路梦跟施鲲鹏几乎天天碰头。

暮春来临，电校小花园中，蔷薇、玫瑰竞相开放，芬芳袭人。黄昏时分，晚霞若锦，暖风轻送。

"冰雪林中著此身，不同桃李混芳尘；忽然一夜清香发，散作乾坤万里春。——还记得这首诗么，施鲲鹏？"

"当然记得。那天你我舌战，我吟诵过这首《白梅》，你马上说出'此乃元末王冕所作'。哦，路梦，记不记得，当初我还即兴口占了一首诗，送给了你？"

"怎会忘呢？曲高流水憾平生，万稔杯中醉乾坤。一朝结君三生幸，千红万紫叩扉门。唉——"

"唉什么？我的诗里可没有这个唉字啊！"

"没什么……"路梦轻轻地道，"吟诗日日待春风，及至桃花开后却匆匆。"

"你在念什么？声音响一点。"施鲲鹏嬉皮笑脸。

路梦甩了甩头发，又轻轻地道："人生愁恨何能免，销魂独我情何限。"然后，又是一声"唉"。

"噢——"施鲲鹏一个"噢"字念得先抑后扬，忽然一推眼镜，恍然大悟："噢！我听出来了，你在念——爱——很想听听，爱上了哪一位？"

"瞎七搭八！"路梦惊动了"真气"。

施鲲鹏并不算瞎七搭八。路梦的心中确实有那么一个伊人，"玉立寒烟寂寞滨，仙姿潇洒净无尘。"可是，似乎从未见过她，除非在梦里。

"路梦你啊，别样都好，就是一样不好——拖泥带水，藏头露尾，像什么男子汉！要是你真的心无所爱，哪来这么多清愁闲恨？再说，你脸红心跳，岂不是'一枝红杏出墙来'，泄漏了'满园春色'？"

"胡扯，胡扯！"路梦气极，上前一步，一招陈氏太

第五章 乱点鸳鸯谱

极拳的"双峰贯耳"："看招！"

"好了，好了！不要'关公面前耍大刀'。"施鲲鹏撩开路梦的双臂。

施鲲鹏余兴未尽地表演着几个"醉鬼"动作，戏谑道："你看你班那位黄毛丫头怎么样？《诗经》有云：窈窕淑女，君子好逑……"

"黄毛丫头？你指韩……"

"怎么，她不是黄毛丫头吗？"显然，施鲲鹏特意把"黄毛"两字念成重音，是在强调特定的内涵——那女孩的头发是天生的褐黄色。

"她？你这家伙！"

"难道我在乱点鸳鸯谱？""醉鬼"收起了醉拳。

路梦笑笑。

"你不是经常提起她么？""醉鬼"总爱夸张，偶尔竟会被夸张成经常。

路梦无言。

很久以前,大约是在路梦遭当时的体育老师兼班主任诸葛延隔离审讯并被罢免团支部书记后不久,路梦所在班级发生了一起"爆炸性新闻",一时震惊整个电校。

以全县第一名成绩考进电校的韩晓露因学非所好,机械制图测验接连出现"红灯",受到一位虽然精通机械制图专业知识,但缺乏教育学和心理学常识的任课老师极不恰当的批评教育,自尊心大受损伤,一气之下,留下一纸,离开电校。幸亏同班同学及时察觉,校方及时出动寻找,才避免了一场"含着微笑,走向归宿"的悲剧。

韩晓露受到了学校当局的关注,与此同时,也成了某些无聊之辈茶余饭后的谈资。路梦当时沉冤在身,虽然内心不无所感,却俨然无动于衷。

不久以前,韩晓露在全校征文大赛中名列榜首。自然而然,闲谈中,路梦偶尔提及了她,并谈过一点关于那次爆炸性新闻的看法："有的人总是热衷于将别人的痛苦当做笑料,好让自己感到快乐,我觉得,这只能证明他们的渺小、卑鄙和无知。"

施鲲鹏曾经问过路梦："你对韩晓露的印象如何?"路梦这样回答:"她剪着短发,戴着眼镜。天生的又黄又软的头发看起来挺顺眼的——我小时候,头发也是又黄又软的。怎么说呢,她不算漂亮,但很端庄。散文写得很美,英语和普通话发音特别纯正,是位才女。"

"此时无声胜有声,"施鲲鹏强作解人道,"看来你是有意于她了?"

"岂有此理。"路梦自己也说不清自己是否真的有意于韩晓露——对韩晓露有几分好奇,是真;对她没有什么坏印象是真。可是,究竟爱不爱这个"黄毛丫头",则如坠五里雾中。如梦、如幻、如慕、如怨的那双小小的"星星"又一次在脑海中浮现,路梦迷惑了。

"佛门弟子,四大皆空。施鲲鹏,你少来坏我菩提佛性。"

"佛门弟子?"施鲲鹏诡辩有术,"佛门弟子怎么不出家?佛门弟子何必留恋红尘?佛门弟子怎么会又是愁,又是恨的?哼,我看你啊,俗缘未了,六根未净。"

路梦被驳得体无完肤。

"我说路梦,给我从实招来!"

路梦不语。

"你对她颇有好感,你承认吧?"

"承认。"

"你对她十分欣赏,对不对?"

"好像是吧。"

"你对她很感兴趣,是不是?"

"不知道。"

"其实,你非常喜欢她,你自己都知道?"

"不知道!"

人的感情就是这么怪。经过施鲲鹏的这番"催化作用",路梦忽然发觉梦中的"伊人"依稀仿佛就是现实中的韩晓露。

几天后,小花园,傍晚。路梦主动向施鲲鹏"坦白交代"并商讨对策。

"怎么办?"施鲲鹏煽风点火,"男子汉敢说敢为,谁像路梦畏首畏尾?"

"畏首畏尾?"路梦恢复了童年时代天不怕地不怕的气势,"'孙子'你听着,'老子'一不怕学校明文规定禁止谈恋爱,二不怕失恋丢什么臭面子。告诉你,'老子'永远不会被压抑人性的一纸空文束缚住手脚,也永远不会为担心失败而退下阵来。"

"你敢骂人?"施鲲鹏操起右拳,"吃我一招地龙拳!"

"吓!"路梦奋力推开,"谁敢骂你?我是希望自己能像老子李耳那样充满智慧,更希望施兄你能使出

'孙子'孙武那番智谋韬略,助我一臂之力。"

"混账!"施鲲鹏推了推眼镜,"你这算是恭维我吗?"

第六章　点破天机

地球在不停地旋转,转眼便到了公元 1983 年 5 月 4 日。

课桌上摊着一本堂而皇之地翻开的《材料力学》教科书,书上横躺着一支"丰华"牌圆珠笔。

梦的注错

一刻钟时间过去了,书本从未发生一丁点儿的动静。这本书似乎就是那支笔的眠床似的,它和它的主人一起睡着了?

哦,仁慈的读者,路梦并没有睡着——他在上早自修。

笃,笃,笃……有人敲门?啊?是在敲他的课桌。"瘟羊"推了他一把,惊而抬头,揉了揉眼皮——"你出来一下,路梦。""啊?"是她,韩晓露。

路梦本能地窥视了一下韩晓露的眼睛。嘘,大敌当前矣!

似醒非醒,似梦非梦,身不由己,战战兢兢……纵然把整部《辞海》翻个"海底朝天",也难以寻觅到恰当的字眼描绘这"懦夫"怎样从韩晓露手中接过一个信封,尔后,听到一道"圣旨":"中午十二点,你到学校广播室来找我。"韩晓露是校广播台的学生主播之一。

上课了。路梦偷偷地在课桌下打开信封——"荒唐的预谋!"他吃吃地对自己揶揄,险些惊动同桌"瘟羊"。

这是一封署名"冷眼旁观的热心人"的人写给韩晓露的信。信中的内容,路梦比韩晓露起码要早知道一个星期。

今天的路梦可真要"等待着下课,等待着放学",等待着光辉灿烂的中午十二点了。

"盼望着,盼望着,天堂的钟声敲响了,时针指向了十二点"——散文大师朱自清,你应该再写一篇这样的美文。

犹豫再犹豫,徘徊复徘徊,仿佛几个世纪过去了,路梦硬着头皮跨进了"命运的大门"。

既没有其他人,也没有监视器摄像头,更不会安装窃听器之类。他却显得如此——混账!昔日的英雄气概、雄辩口才都到哪儿去了?真没出息!路梦对自己大为生气。

"那封信,你看过了?"韩晓露开始对他宣判。

路梦期待着"上帝"施给他以仁慈,不敢正视韩晓露的眸子。

"是这样的吗?……我怎么以前一点都没有看出来啊?"

"上帝"胆敢欺负他!可恨!潜意识开始作怪,潜意识中人类固有的求生的本能分解成自尊、自卫……种种变形。

路梦嗫嚅道:"我……只是想——相互了解了解……"

话一出口,路梦就深感追悔莫及。幸亏说得很轻,但愿"上帝"不曾听见。

韩晓露掏出折叠得非常精致的一道"密旨",轻轻放到路梦的手心里,急促道:"这儿说话不太方便,我要说的,都写在里面。"

"上帝"慈悲,"上帝"……

第六章 点破天机

万万没有想到,"上帝"……

路梦同学:

从你的一位不知名的朋友给我的来信中,我十分不安地知道了你的心思,对此,我不知该说什么才好。我觉得应该向你坦率地谈谈我的想法,但我不敢轻易下笔,怕你误解了我,更怕会伤了你的自尊心;但我又不应该不写,我无权让别人无端地为我苦恼,因为那样良心的谴责将永远折磨着我直至暮年。我犹豫了好久,终于怀着极其矛盾和歉然的心情提起笔来。

路梦同学,我想你是一个稳重的人,不会随便向朋友撒谎,也不会随便向人奉献人生最珍贵的感情,正缘此,我才更加感到有责任向你说清楚。我很相信并珍惜你对我的情感,感谢你对我的一片真心;但是,我却不得不万分抱歉地请你原谅——我绝不能够那样做。也请转告你的朋友:我不能满足他成人之美的良好愿望,请代我向他致以深深的歉意,并感谢他的一片好意。

路梦同学,我很尊重你的感情,但我实在无能为力,我希望我的答复不至于引起你的伤心。你还不了解我,不知道我是一个怎样的人。你把我想象得太理想了,可我希望所有的人都能了解我;我宁愿破坏你眼中的"韩晓露"的形象,也要让你了解现实中的真正的"韩晓露"。因此,我想对你说,我远不如你所想象的那么完美,我是个有许许多多缺点的甚至比常人更渺小的人物,远不值得你为她烦恼。我们现在是在学校里,接触到的是一个纯净的然而也是狭小的世界;但社会是广阔的,生活是多姿多变的,社会上有许多比我好得多的青年,她们也许是远比我适合于你的,相信将来你会有自己更好的选择。

今天我在这里只是希望你振作起来,扔掉不

第六章 点破天机

必要的精神重负;要敢于嘲笑自己心灵的狭隘——怎么会连一次爱的潮水都抵挡不住而从此淹溺了呢？超脱它,并且蔑视它,然后站到生活的顶峰上,眺望那更为壮观更为秀美的人生前景！那时,你会真正地体会到浩瀚乾坤的广博、伟大,而小我以及小我的一切恩恩怨怨原来是那样的渺小、微弱！

总之,路梦同学,你要战胜自己,生活总是矛盾着的。不要因为一时的失意而去笃信那虚无缥缈的"佛"吧,那没用,那只会使你思想更沉闷,精神更空虚。不管遇到什么事情,要相信自己,要明白自己对自己负责。怨天尤人是空的,同情安慰是虚的;路,要靠自己去走。而你崇拜佛,寄情于海市蜃楼的幻境,充其量不过是暂时的逃避和慰藉,一旦回到"喧嚣的尘世",苦恼又会进驻到心间。当然,我无权干涉别人的信仰自由,也从不认为你的"参禅礼佛"是一种"疯魔"的举动;

我只是因为不忍心看着一位团员青年沉沦下去而尽我的责任来说几句心里话。

路梦同学,我不反对你们吟诗作对,(顺便说一下,我是喜欢新诗的。)而且,从你朋友的来信来看,你们有一定的才华,但是,你们常在一起仅仅只是"慷慨悲歌",空发牢骚,出出怨气,或者声泪俱下,遗世独立,那么,我就不敢为你们摇旗呐喊了,相反,我觉得你们应该停止!有那么多时间徒然伤感,为什么不能用来探索知识的海洋以充实、丰富、提高自己呢!路梦同学,丢掉包袱,轻装前进,回到共青团和班级的大家庭来吧!这是作为同学的我所真心期望于你的。

祝

好!

同学:韩晓璐
1983 年 5 月 3 日午夜

读罢"密旨",路梦感到忍无可忍。他怒不可遏地从作业本中间撕下一张白纸,重重地写下:

韩晓露,你欺人太甚!

韩晓露,你虚伪透顶!

韩晓露,你猫哭耗子!

韩晓露,你自以为是!

韩晓露,你岂有此理!

韩晓露,我饶不了你!

发泄得还不够,他又在"韩晓露"的名字上重重地打上大叉,然后,把笔一扔,撑起脑袋,自我欣赏了一番这幅即兴发挥的"意识流"杰作,尔后,一把抓起,揉作一团,随手掷出窗外。教室里没有别的同学,因为今天下午不上课。

第二天,夜自修结束,同学们纷纷走出教室。韩晓露却没有走。路梦也不走——他凭直觉感到韩晓露要跟他说点什么。教室里最后只剩下他俩。空气似乎凝固了。

　　韩晓露悄悄地把门关好,推上了锁。然后,又回到她的座位。她的座位就在路梦的前边,名副其实的"咫尺"之隔。

　　路梦的心怦怦直跳。

　　终于,她转过身来,一本正经地说:"路梦,你饶不了我,准备怎么样啊? 你说。"

　　"啊?"路梦的灵魂大半个吓出了窍——"物证"赫然呈现在他的眼前。

　　"你瞄得可真准啊,不偏不倚,正好打中我的头顶。"韩晓露泰然自若地叙述。

　　吓走的大半个灵魂返回了躯壳,路梦感到自己大大地受了伤。"好啊,还敢嘲弄我,看我如何收拾你!"他暗暗策划。

　　"幸好落在我的手里,要是碰上别人,后果会怎样?"韩晓露娇嗔道。

　　"还要教训我,气死我了。"路梦心想,随即壮了壮胆道:"怎样? 不怎么样。我只是想跟你彼此了解了解,那封信上都是瞎吹。"

"算数!"韩晓露毫不含糊地打断了路梦的话,头也不回地离开了教室,重重地把门"砰"地关上。

"韩……"韩晓露真的生气了,路梦感到自己罪不可赦。

"算数?"算数就算数——或许在某一个刹那,路梦的"灵魂"也曾高贵无比地挑拨过路梦:韩晓露有什么了不起? 凭什么要摧眉折腰受她的窝囊气? 韩晓露只不过是韩晓露,干吗让她变成了主宰你喜怒哀乐的"上帝"?

可是,只要一见到韩晓露,路梦就会心旌摇曳,魂不守舍。上课,与其说是上课,倒不如说是在从各个不同的角度欣赏她的背影、侧影、头发、脖子、耳垂,以及她的每一个细小的动作。为什么越看越觉得她好看了,越看越无法控制不看她了? 下课,每一次不期而遇的对视,路梦总会被韩晓露的"怒目而视"深深地吸引，深深地打动——在韩晓露那如梦如幻的"星光"下，路梦的心几乎快要融化。偶然间，狭路相逢，路梦避之犹恐不及；而当韩晓露对他嗔然一瞥或者漠然一视，尔后翩然而去，路梦又会久久地怅然若失。

5月30日。午餐过后，韩晓露与路梦单独在教室里邂逅。

韩晓露没有搭理路梦，似乎不曾看到他。可是，当路梦走向自己的座位时，路梦分明感受到韩晓露那佯装的冷漠未能掩饰住她的心跳在跟他的心跳同步加速。

我本情种，假痴不癫。我心已许，天可怜见？路梦坐在韩晓露后面自己的座位上，两眼直愣愣地盯着韩晓露的后背，思绪如天马行空。他想稍稍静下心来，只好摆好姿势，练起了当初学佛时学会的瑜伽吐纳术。吐纳了好久，却怎么也做不到气沉丹田。

"劝君莫惜金缕衣，劝君惜取少年时。花开堪折

第六章 点破天机

直须折,莫待无花空折枝。"

"好花不常开,好景不长在……"

古人、今人何其相似？不同的诗句,歌咏相同的故事。

我真不好,罪不可赦。我为什么要说那句违心的话呢？什么自我保护,明明是在戳伤自己！可爱的韩晓露、迷人的韩晓露,宽恕我吧!

非跟她解释清楚不可,非向她一倾情愫不可。

几乎不是路梦在支配钢笔,却像是钢笔支配着路梦,几分钟内,急就了滚烫滚烫的满满一纸。

路梦不假思索地绕到韩晓露跟前,捧着那张纸。

韩晓露优雅地抬起了头。

"韩晓露……"颤巍巍的声音。

"放在这儿吧。"高傲的、其深莫测的"上帝"的玉音。

路梦放下了纸,提起的心也一道放了下来。然后,吐了一口气,低着头朝门口走去。

"啊?方……"当路梦抬头准备开那半掩的教室门时,惊呆了。不知从何时起,方敬竹早已神不知鬼不觉地出现在门口。

路梦来不及给方敬竹打完招呼,便逃也似的奔出教室。

晚自修时,方敬竹把路梦叫到教工宿舍楼自己的宿舍里。

一开始,方敬竹以"姚鼐"遗风儒雅地询问路梦这个阶段学习是不是有困难,这次材料力学测验怎么只得了69分,诸如此类。问者问得若无其事,答者也答得若无其事。

方敬竹的身上始终散发着一股浓郁的酒香,但路梦却明白,酒后的"姚鼐"是最清醒的"姚鼐"。突然,方敬竹悠悠然道:"现在你还信不信佛啊,路梦?研究佛学可没有研究《西厢记》《红楼梦》有味儿吧?"

"哦——"路梦听出了醉翁之意,索性将计就计道:"二者都有味儿,我也都感兴趣。方老师,佛学,其实跟《红楼梦》《西厢记》未必存在什么冲突,您说是吗?我认为,如果没有佛家哲学渗入骨髓的浸染,曹雪芹就不可能有那一份惊人的超脱,从而也就不可能站到那样的思想高度,如此深刻、如此真切地写出这么一部人生悲剧。换句话说,如果曹雪芹体会不出佛家'色不异空,空不异色;色即是空,空即是色'的般若三昧,前八十回《红楼梦》就不可能笼罩着如此凄切、如此悲凉的幻灭感。再说,《西厢记》……"

"好了,好了,"方敬竹终于摊牌,"先不谈这个,路梦。我问你,你现在是不是也正在做着'红楼'一梦啊?"

"红楼一梦?哈,哈,哈!"路梦开怀大笑,"岂止一梦!人生如梦。我路梦一生下娘胎就注定要做一辈子的梦。路梦,路梦——我父母为我取名'路梦',就预示着我要在人生的旅途上踏梦而行。"

"孺子可教。"方敬竹暗自点头。

忽而话锋一转:"好一个'张生',谁替你做的'红娘'？讲给我听听。"

嗄！路梦顿时瞠目结舌。推测中的情节果然业已发生。

路梦"逃"出教室后，方敬竹不慌不忙，先在黑板上写好一则会议通知，尔后，不露声色地踱到韩晓露跟前。

"韩晓露啊，刚才，路梦递给你什么了？"

"没什么。"韩晓露满脸绯红，这脸色早已不打自招。

"我刚才分明看见有什么的吗！拿出来，让我看看。"

"哦，是的，有一道题目，他不懂，拿来问我。"可惜韩晓露没有学过变戏法，变不出"题目"来。

方敬竹翻了翻韩晓露的课本，"哦，题目在这儿！"

"痴情到这么个程度，还跟我装什么糊涂，你呀！"

第六章 点破天机

方敬竹又是摇头又是叹息。

路梦默不吱声。

"告诉我,谁给你牵的红线?我要找他谈话去。"

谈话是批评的含蓄说话。爱,何罪之有?红尘浊世,除却那人性中的至纯至洁,还有什么值得我路梦孜孜以求?方敬竹,你何必兴师问罪,更何必不辨黑白,累及他人?

"我决不会出卖自己的朋友。"路梦一股子桀骜不驯。

"用不着这样遮遮掩掩。全班上下,哪位同学不知道你路梦常跟毕业班的一位学长混在一起?"

"他?这桩事情跟他毫不相干。我已经好久不跟他碰头了,他正在忙他的毕业设计。"

"文如其人。如此文笔,如此调子,不是那个醉心文学的施鲲鹏,谁能写得出来?"方敬竹似乎一切都了如指掌。

好啊,韩晓露,你出卖了我,出卖了一切!我永远也不会原谅你！路梦咬牙切齿地暗暗发誓。

"你怎么还这样执迷不悟?"威严庄肃的方敬竹一反平时"姚鼐"式的温文尔雅,"你看看,人家把你吹嘘成这样,事实上你怎么样？学习成绩这么差！再这样下去,唉！你要为自己的前途想一想。"

路梦心想：前途？什么前途？一切都是梦幻泡影。"富贵非吾愿,帝乡不可期。"想当初,我怀着一个天真幼稚的"当个工程师,凭技术闯天下"的美好愿望考进电校,梦绘人生蓝图；讵料命运叵测,劫难遭身；而今,早已看穿了一切。功名利禄似烟云,是非成败转头空。

我怎么样？路梦反躬自省：我超脱,我天才。可是,在势利小人的眼里,我是怪物、可怜虫——四门功课开过红灯；贬"官"为"民"；自负,孤僻。没有人看得起我。嗷！谁能了解我？谁能懂得我？可怜的芸芸众生,都自以为得计,却原来大梦不醒。

"你不要不吭声,路梦,"方敬竹缓和了一下语气,

第六章 点破天机

"不为你自己考虑,也要为你的家庭考虑。你想想,你现在不好好学习,闹什么恋爱!如果留了级,给你家里带来的负担将是很重的啊!还有,假如将来毕不了业,领一张肄业证书回去,不但自己不好做人,而且,怎能对得住你的父母?"

"嗯。"路梦被点中了死穴。想到父母,想到家庭,他终于超脱不了那一份根植于心底的世俗的责任心。他低垂着头,聆听方敬竹继续说下去。

"把话说回来,你也应当为韩晓露着想。她是团干部,又是个非常脆弱的女孩。一旦事情闹大,万一出了什么问题……你要考虑一下后果。学校明文规定学生不能谈恋爱,你不是不知道。舆论的压力,你更是……好好想想吧!"

是啊,是要好好想一想了。路梦毕竟还是个"俗人",生活在俗世,他无法超脱世俗的法则,哪怕那些法则根本就是虚伪的、不科学的、违背人性的。

他妥协了。

最后，师生双方达成一项"君子协定"：

一、路梦不再找韩晓露"纠缠"，斩断情丝，一心一意发奋读书。

二、方敬竹不去找施鲲鹏的麻烦，并对此事保守秘密。

第七章 "九字真言"

"那是一片什么云?"沈利华指着东北天空的一大片云问道。也许他的潜意识里忽然冒泡似的冒出了小学时读过的《看云识天气》。

"咦,像鱼鳞。"路梦仰了仰头,在空中比划着一个大大的"鱼"字。

"有这么大,相隔这么开的鱼鳞吗?"沈利华拈了拈自己下巴上想象中的山羊须,一副推敲的样子。

"唉,"路梦一瞪眼睛,"是条大鱼嘛!"

"Oh! No!"沈利华忽然眉飞色舞,"我看,像一群拉拉队员,空中拉拉队。"

"足球迷啊,"路梦朝他夸张地眨了眨眼睛,"据路透社报道:天庭正在筹办一个'飞天'足球大赛,还缺一名宇宙级裁判。我建议你来个毛遂自荐,怎么样?玉皇大帝出的聘金可不会低于你那可怜巴巴的十几元奖学金!"

"哈哈哈!"

他俩一起边抑着头看天,边穿过草坪。

这是一个春末夏初的星期天。

"难得的好日子,我们还是折回草坪坐一会吧!"

"好啊,躺着更舒服,可别心疼你的新衣服!"

"去你的!"沈利华一招射门动作,"射"倒路梦,顺势一起躺下。

"混账,'拉拉队'散伙了,你看。"路梦指了指天空。

果然,空中"拉拉队"已被风儿驱逐成了游兵散勇。

"嗳,路梦,"沈利华发现了"沈氏定理"似的,"人家都说你怪,可我越来越觉得,其实你一点都不怪!"

"怪!"路梦笑道:"我怪,怪极了! 我正打算改名'路怪'呢,其实,'怪'字也挺不错的,拆开来,就是'心圣'——拥有一颗神圣的心灵,不好吗?"

"嗯,好是好,就是接二连三要补考。"沈利华半开玩笑半当真,"都笑你是'补考大王'了,怎么搞的? 你的脑筋又不比咱们班级任何人差。"

"'补考大王'就'补考大王'吧,好歹也算个'大王'。"路梦又炮制起奇谈怪论,"我真想称王称霸做大王呢! 做大王有多好,自由自在,谁也管不了他。不过,做大王也有美中不足,就是要管别人——那多烦! 我只想做自己的'大王',不受人管,只听自己管。哦,他妈的,这是个什么世界,我们竟没有权利主宰自己。"

"他妈的,什么世界!"

"骗人的世界,坑人的世界。你说读这枯燥乏味的书为了什么?除了给父母争口气之外,说穿了,还不是为了那张值不了什么屁钱的文凭?那张文凭代表什么?代表每个月四十八元工资,还是一个华而不实的'知识分子'的浮名?"

"说穿了,人生在世真的没什么意思,"沈利华又是点头又是摇头,深表困惑,"读狗日的鸟书!拼死拼活地拼过一场又一场考试,拼到最后,也只不过拼到一张写明中专学历的红'帕斯'。四十八元工资,比人家技校毕业的还要少五只角子。'知识分子'?谁稀罕你什么'知识分子'——档子比你高的'知识分子'多的是:大学生、研究生……你算老几?"

"老三!"路梦伸出三个指头晃了晃,似乎真的潜心研究过作为中专生的自己是老几:"人家外边称我们是'小三子',我想,大概我也可以算老三。"

"老三?"

"对,老三。不过,凭我的智力、素质,将来,到社会上,不会永远是'老三'的。"

"算了,算了,一向自称'生活在社会最底层'的路梦,别来什么'智力'啦,'素质'啦,我们这几届考进电校的,哪个没有一段辉煌的历史啊?"

"好,好,明日黄花,不谈也罢。"

"我偏要亮亮你的'英雄本色'!"沈利华嘻嘻哈哈,"我问你,凭你的智力、素质,上学期和再上个学期,你的成绩单上怎么又出现'革命的颜色'啦?"

"罪有应得,"路梦自嘲道,"你又不是没见过前两个学期我是怎么读书的。"

"你不是蛮用功的嘛?有时,我还见你捧着书本看上老半天呢!"

"用功不用心,懂吗?笨蛋!"

"原来,你是在做'无用功'啊?"

"既然你能看见我捧着书看上老半天,怎么就没看见老半天里,我的书压根儿就没有翻动过一页?"

"哦——这就叫'路怪读书法'?"

"感兴趣的话,你也可以效法啊,'路怪'一定毫不保留地传授!"

"好啊!"沈利华一拍大腿嚯地弹起,"师父'路怪'在'下',受徒儿老沈在'上'一拜!"

"去你的吧!"路梦一把将沈利华拉倒,"我教你,这可是'秘诀',只传心腹,不授外人。徒儿记住,不足与外人道。"

"我发誓!"沈利华果真信誓旦旦,"苍天在上,如果徒儿我多嘴多舌,雷电劈断我的鼻梁!"

"应当劈断你舌头!徒儿你听了,这秘诀是'九字真言'。"

"'九字真言'?嗄,你快说,快说!"沈利华拉起路梦。

"徒儿休得胡来,待老夫逐字传授。第一个字:心。你跟着念一遍。"

"心——"

"第二个字:中。"

第七章 「九字真言」

"中——"

"第三个字:只。"

"只——"

"第四个字:有。"

"有——"

"第五个字:一。"

"一——"

"第六个字:个。"

"个——"

"第七个字:女。"

"女——"

"第八个字:孩。"

"孩——"

"孩。"

"第九个字:子。"

"啊?"沈利华大彻大悟,"心中只有一个女孩子!妙哉,'九字真言'。原来是一个女孩子在你脖子上接连挂了两盏'革命红灯'啊?"

"混账!"路梦一把揪住沈利华的衣服。

"保证,保证,我保证雷电不劈我舌头。"沈利华点头如捣蒜。

路梦放开了沈利华。沈利华却迫不及待地缠住路梦,拼命向路梦打探详情。喜欢凭直觉行事的路梦,经不住沈利华的花言巧语、死缠硬磨,告诉了他一个"真实的故事"。

沈利华听得头昏脑涨,"打什么哑谜啊?你存心是想把我搅糊涂吧?"

"我说的都是实话,"路梦一本正经地说,"这是我唯一能够告诉你的,关于我的真实的故事。要是'悟'不出来,我也不再收你当徒弟了,你这小子!"

"悟性总是在你的脚下,三四郎!"沈利华倒打一耙,学着日本电视连续剧《姿三四郎》里的花和尚的样子,屈指代木棰,在路梦脑壳上猛敲一记"木鱼"。

路梦"奋起还击",加了三倍"利息"。

第七章 "九字真言"

星期天晚上也上晚自修,这是校方引以为自豪的英明决策,因为这样确实很大程度上保证了周末回家的同学在星期一早自修之前及时返校。至于究竟在"自修"些什么名堂,校长大人、教务科长自然都鞭长莫及。

本来,刚度完一个轻松或紧张,快乐或不快的星期天,重返"沙场",总会有那么一阵"恍如隔世"之感。一张张似乎熟悉其实陌生的面孔重又凑到了一起,条件反射,总不免要互相交流一些小道旧闻、大道新闻之类,诸如:昨天发生重大车祸,本人有幸亲眼目睹;牛仔裤预计大减价,灯笼裤即将风靡江城;阿根廷足球队三比一险胜古巴队;马拉多纳的"凌空一脚"已成为我班足球明星李栋的拿手好戏……此中虽乐,路梦却无意消受。在这难得的好时光,他更愿意"躲脸于书页后,偷望你遥遥的背影;清瘦地郎当着寂寂生涯"——他的日记中引用过这样的诗句。

梦的注销

晚自修快要结束,路梦从抽屉内取出那本黑色硬封面的日记本,习惯性地打开。"嗯?"他的心猛地一怔:在他刚刚标注"1984年5月6日,星期日,晴",未及填上内容的一页上,有人给他"填"上了一幅漫画——一个老和尚合十跌坐,口诵:"尽形寿,不偷懒,汝今能持否?"他的面前合十跌坐着一个小沙弥,小沙弥的模样诚惶诚恐。画的右下角,题着:"近来比丘读书马虎,余赠此画以督之。"空开一行,署有鼎鼎大名:沈利华。

"好小子!"半晌,他没有说出第二句话来。

忍无可忍地忍到了"丁零零"一声宣告散课,路梦怒发冲冠,径直冲到沈利华跟前,一把抓住他的手臂就往外拖。一直拖到草坪,接着,一个"大背包"把他甩了个四脚朝天。

"干吗,干吗?"沈利华明知故问。

"好小子!"路梦又是一阵"花和尚"对"姿三四郎"的悟性点化,大声吼道:"干吗?悟性就在你的脚下!"

"咚咚咚……"路梦挥起右手,用指关节对准沈利的头顶一阵敲打。

沈利华摸着被敲疼的脑瓜,不住地"咯咯"直笑。

"你,他妈的偷吃了豹胆、熊胆,竟敢冒天下之大不韪?"路梦一跺脚,"嗷!"

"咯咯咯……"

"笑什么?我问你,听到没有?"

"一只耳朵进,一只耳朵出,咯咯咯……"沈利华翻身爬起,对准路梦的前胸,虚晃一招"黑虎掏心",路梦闪身一躲,只听那笑不迭声的家伙"咯咯"地道:"我想侦察侦察,那个'伊人',那个给你接连招来两只红灯的'红颜祸水'究竟是谁,咯咯咯……"

"混账!你这小子才是祸水!"路梦喝道,"侦察到什么啦?"

"没什么,没什么!"沈利华连连摇头,"不过,要说有的话,也的确有所'最新发现'——'比丘'!"他吐了吐舌头,扮鬼脸道:"喂,'比丘',我问你,'JJ'代表哪一位?"

"哪一位?"路梦虚张声势地扇他一个耳光道,"那一位!"

"哪一位?"沈利华一闪脑袋,一边捂着脸躲闪一边叫道:"J、J,他妈的什么密电码……J、J——有了!明天早自修时,我把你日记里最精彩的那部分当着全班同学的面,背出来,只要看到哪一位女同学的脸红了,'JJ'准是哪一位。"

"你敢!"路梦一把揪住沈利华。

"哦,哦,不敢,不敢。"沈利华用力掰开路梦的手指。

"大胆狂徒,非但偷看本人日记,而且,未经本人同意,胡乱涂鸦,还要放肆宣传!听着,你该当何罪?"

"知罪,知罪,"沈利华调皮地虚心接受,"我该当不死之罪。"停了停,又道,"我给你赔偿精神损失,同时,附加经济赔偿,怎么样?"

"怎么赔法?"路梦瞪大了眼睛。

"我把我的日记无条件贡献给你欣赏,就算精神赔偿;经济赔偿么,这样吧,现在,我请你到大众饮食店去吃锅贴加菜汤面,好不好?"

一直到吃完锅贴和菜汤面,沈利华还在破译这"JJ"的密码。无论怎么挖空心思他都无法破译。"JJ"实际上是"姐姐"两字汉语拼音的开头字母,因为"那一位"比路梦早出生十个月,路梦对她在爱慕之外另有几分依恋和敬重的感情色彩。

一回到寝室,路梦就迫不及待地向沈利华索取"精神赔偿"。沈利华满足了路梦的强烈要求。虽然晚上九点三十分之后,寝室就要统一熄灯,他毫不在意,反正外面有路灯。在路灯下,路梦不知看过多少中外文学典籍。

沈利华的日记使他感到自己的灵魂产生了一阵剧烈的震动：

他从未想到过，在这多风多雨多冰霜的尘寰，竟会有人如一池温泉，在默默地温暖他，复苏他！

沈利华——这个平时总爱"乱说乱动"、孩子气十足的"足球迷"，竟然会这样关心他，尊敬他，并且"迷恋"他。

他无法掩饰那份失态的喜悦和激动，出声地念诵起出现在日记上的摘引自"路梦作品第一号"——《不谢的昙花》中的片段：

"我不相信人是什么上帝操纵的计算机，我要编制我命运的程序，按照自己的意志。"

"嘲笑别人的不幸是浅薄而卑鄙者的特权。"

"任何东西，往往在它失去了之后，才会显出它的珍贵；然而，失去了的未必都珍贵，比如：失望、痛苦、愚昧……"

"佛啊，当我仰望着你的慧眼——洞察人间万物的明镜时,我照见了我的心灵已被玷污。我从尘器中找来了一把刷子,拼命地刷呀刷,可是,越刷我的心灵越多出污点。啊,原来这刷子上沾满了尘埃!"

"没有梦,生活将是一潭溺人的深渊。人们在所谓的'现实'中沉沦,随着'时代潮流'的涨落而沉浮!"

"生活在俗世,当然不能不当俗人。俗气是俗人的通行证。但是,能否摆脱平庸不当庸人,则取决于自己的修炼。一个人要是既平庸又俗气就成了名副其实的'庸俗的人'。"

……

从此,路梦的人生旅途中又多了一位惺惺相惜的朋友。

第八章　几曾忘情？

除了非神即怪的施鲲鹏，江城电校还出现过"三怪"，一曰路梦，一曰张志高，一曰欧阳凤琴。电校一度盛传的关于"三怪"的传说，连身为"怪中之怪"的路梦也禁不住要拍案叫绝："天才的杰作，当代的《聊斋志异》！"

经不住有意无意的考证、分析,一些智者终于发现,那些"传说"十之八九都是某些以琢磨别人、"塑造"别人为业余爱好的好事者"灵感突发"后一传十、十传百,无数次"再创作"的"结晶",体现了内心空虚、极度无聊的人们的"集体智慧"。

施鲲鹏毕业后,完全放弃了电校四年所学的工业电气自动化专业,在一所技工学校担任语文教员兼班主任,业余时间参加了中文专业高等教育自学考试,因此,电校校园中再也看不到他的身影。"三怪"中的两"怪"也毕业了。那天,路梦给工作单位离电校不远的张志高打了个电话,要他晚上来电校一趟。再过两个学期不到,就要轮到路梦毕业。这"怪中之怪"近来感到十分茫然。

现在他身边有不少温暖的"源泉"——"足球迷"沈利华、"瘟羊"杨建平、"小胖"徐国民、"慢半拍"魏桦旺;还有,当然还有那位始终让他不敢越雷池一步,始终只是"盈盈一水间,脉脉不得语",却又始终使他感受到一种圣洁的光辉照耀着他、庇佑着他、激励着他的"地球旋转的中心"韩晓露。

不是因为别的,只是因为茫然——让路梦感到渗入骨髓的茫然。

张志高比路梦高出一届,"毕业分配"分在江城机电厂工具车间从事技术工作。这家国营企业就在电校附近,全厂有上万名职工。

初识张志高,是在路梦惨遭"失恋"之痛后不久。若不是由于命运的安排,就必定是应验了那个成语——物以类聚。他们萍水相逢,一见如故。

"我叫张志高。张牙舞爪的张,志大才疏的志,好高骛远的高。"初次交谈自我介绍时他那不无夸张的"张牙舞爪"模样至今依然让路梦感到记忆犹新。

那是在学校附近的一家新华书店里,那"怪物"正在为只差一毛钱而买不成那本厚厚的《通俗哲学》而

第八章 几曾忘情？

张牙舞爪地干着急,路梦路见不平,拔"毛"相助。于是,两人一起从新华书店走回电校;于是,从尊姓大名到志趣爱好彼此自报山门;于是,张志高惊人地发现并指出了路梦的致命弱点:对人太真诚、太轻信、太感情用事;于是,路梦对张志高发生了浓厚的兴趣;于是,彼此相互"攻击",一个说:"你怎么会自己花钱买'政治'书?现在全江城有几个人愿意把钱花在这种书上?"一个道:"你怎么会喜欢《浮生六记》?那么灰色、那么消沉的东西!"于是,谈辞如云,海阔天空。于是,他们经常接触并经常唇枪舌剑。于是……

有一次,在一辆公交车上,张志高对他身边一位戴着秀琅架眼镜穿着一身半新半旧黑色外套貌不惊人而气质惊人的青年男子道:"凤琴,喏,这就是路梦——那位充满诗情画意的朋友!"紧接着,又对路梦道:"介绍一下,欧阳凤琴。记得我跟你说起过他,是不是?"

"哦!"路梦伸出手去抓住那人的手:"欧阳凤琴?!

写秃了的毛笔堆成了一座小小的'笔冢'的'怪物'——就是你?"

那人含蓄地微笑着,点了点头,目光如炬直射路梦的眸子,让路梦感到一股深沉、坚毅的特殊魅力。对,就是这家伙!《德育》课老师提起过他。他曾在《德育》试卷的答题中公然提问:"《种苞谷的老农》中那位'种苞谷的老农'以及现实生活中那么多'种苞谷的老农',他们并没有接受过'高大上'的思想品德教育,他们的道德品质却是那么高尚;相反,却有那么多接受了十几年甚至几十年'高大上'的思想品德教育的人乃至众多的道貌岸然的以'高大上'的思想品德'教育'他人的人,却干着贪污、受贿、开后门等见不得人的勾当,这说明了什么?"对,就是他!去年"五四"青年节全校纪念大会上,他面不改色地面对一阵又一阵的"喝倒彩"声,慷慨激昂地宣读一份《公开的情书》!没错,就是这个人!"电校首届诗歌朗诵会"上,以饱满的激情、鲜明的个性使路梦深受感动,却连"鼓励奖"都没有拿到的那个人,就是这个人!

"你在——想些什么?"声音,仿佛不是从那人的嘴里而是从他的眼睛里射出来的。好一双锐利的眼睛。

"哦,"路梦迅速移动目光,"扫描"到那人守护着高高的一捆书,"那些书,你的?"

"嗯。带回家去。"

"都看过啦?这么多!有没有诲淫诲盗的?看看可以吗?"

"你这家伙!哈哈哈!"那人出声地笑着连连点头。

路梦凑近身去,一看,《不到顶点》、《面向生活》、《适应与征服》……一大叠的"王朝闻著",然后是"雪莱"、"莱蒙托夫"、"舒婷"、"顾城",还有"艾青",然后是乱七八糟的剧作选、小说选、论文选……出乎意料的是,还有一部《金刚般若波罗密经》。

"《金刚经》!"路梦叫出了声,"你也喜欢这个?"

"你是说那本王羲之行书,金刚什么经吗?"欧阳凤琴说道,"这本帖,我差不多已经临摹了两年。你也对它感兴趣?"

"嗯。哦,不,你误解我的意思了。"

"这位朋友研究过佛学。"半路上杀出个张志高。

"去你的!"路梦今天显然是在忽略这位"张牙舞爪"的朋友。

"你研究过佛学?"欧阳凤琴发生了兴趣,"能不能跟我谈谈这方面?"

"你想了解些什么呢?《妙法莲华经》、《楞严经》、《华严经》、《六祖坛经》,还是橡皮筋、风油精啊?"

"一本正经!"欧阳凤琴首先使自己尽量显得一本正经:"路梦,我很想了解一些你自己的观点——有关这方面的。"

"我自己的观点?"路梦感到有些紧张,"哦,很乱的,谈不上观点,我只是有许多想法,而且,这些想法已经在我的脑海里根深蒂固了。"

路梦扫视了欧阳凤琴和张志高一眼,发现他俩正

第八章 几曾忘情？

注视自己,于是滔滔不绝起来:"我觉得,佛学的智慧达到了人类的最高境界。佛学中有这么两个术语,一个叫'真谛',一个叫'俗谛'。所谓'真谛',就是宇宙的真理,概括起来一个字——空。现在哲学界有人推出了二十条'宇宙真理',其中,有一条数学定理已经证明'宇宙总值为零'。我看这'宇宙总值为零'可以作为那个'空'字的佐证。其实,这个'空'字,实在是太伟大了。比方说,我们人类,数千万年以前,地球上根本还没有存在;数千万年以后,说不定也会像恐龙绝迹那样,人类将从地球上消失——用抽象一点的话来概括,这便是'来于虚空,归于虚空'。对于人的个体而言,更加清楚:赤条条而来,赤条条而去。你看生命原本是多么可怜,多么渺小,多么'空'。清代的顺治皇帝写过这样的偈语:'未曾生我谁是我?生我之时我是谁?长大成人方是我,合眼蒙眬又是谁?'这就是'真谛',地球上绝大多数生灵难以接受的然而事实上每个生命都在以自己从生到死的活生生的故事将它证明的永恒的真理。与此相对应,有所谓的'俗谛',那就是世俗的真理——那些芸芸众生用于自欺欺人的所谓的真理——比方说,有权有势的都是'老爷'、'大爷',没权没势的都是'屁民'、'贱民';脑力劳动比体力劳动体面、尊贵;统治阶级对被统治阶级拥有生杀予夺的权力,等等,都属于'俗谛'的范畴。可悲可叹的是芸芸众生往往以整个的生命捍卫着他们自以为是的'真理'。"

"说下去,我和志高都在听着。"

"这思想很不好,"路梦的脸上飘来了一抹浓郁的愁绪,"它使我心头始终萦绕着一个出世的念头。明白吗,出世——远离这个令人失望的尘世?!也许,哦,有一本名叫'西方现代心理学流派简介'的书,读过吗?里面介绍了一个人物——弗洛伊德,他是精神分析学说的创始人,他说人的潜意识中蕴藏着两大本能——求生的本能和死亡的本能——也许,我想,也许我这'出世'的念头是'死亡本能'在潜意识里作怪,它是一种本能的'折射'！哦,我这样说,是不是太'玄'了,你们听得懂我的意思吗？"

"嗯,大致能懂。"张志高回答。

欧阳凤琴默默地点头。

"可是,"路梦继续说道,"佛学所指示的'光明'的出路恰恰只有一条——'涅槃'——换一个角度来看的话,就是死。可是我现在的'人生境界'还没有高到这么个程度,懂吗？我还不愿意离开这个人世！哦,'人世'与'尘世'虽然读音相近,但是,一字之差却有着本质的区别！"

"那么,你准备怎么办呢——既留恋这个'人世',又要远离这个'尘世'？"欧阳凤琴边说边在自己的左手心上用右手食指写上一个"人"字、一个"尘"字。

"当和尚去！哈！"路梦轻声一笑,笑得十分凄苦,"'和尚'——用江城话讲,跟至高无上的'无上'一模一样。但是,我实地考察过几座佛寺,难以理解的是,我发现,那些以佛家自居的和尚,多半不去潜心修行,却热衷于搞'形式主义'——拜佛诵经超度众生。这算哪门子的逻辑呢？'己身未度，焉能度人'，对不对？——南社诗人'情僧'苏曼殊也曾这么质疑过。芸芸众生误解了佛教（包括以前的我在内），他们却迎合芸芸众生的误解，还要以实际行动继续加以曲解！我怎能跟他们为伍呢？"

"那么，你只好去死吧！"张志高又"张牙舞爪"起来了。

"不！"路梦猛地摇头，"我说过，我不愿死。懂吗，不愿死。我现在的'出路'也只有一条。"

"哪一条？"欧阳凤琴瞪大了他那镜片底下的眼睛。

"入世。"路梦坚定得近乎颤栗地吐出这两个字，尔后，用稍稍平静的语气补充道："探索加奋斗。成功之外，只有毁灭。"

终于，路梦以"路梦式"的"俗谛"结束了他的那一段长篇大论。

然后，他扫视了一下四周，发现竟然有那么多双惊异的眼睛像舞台上的聚光灯一般照射着他们三个。

管他呢,"三怪"汇聚,超然物外——他们已忽略了他们的"世界"外的一切……

"时而飘然于云中、雾中,时而又坠落进深渊、幽壑——多少日子以来,我扮演着'两栖类'的角色,两栖于狂热与狂冷之间。"就在上午给张志高打电话之前,上着那节糊里糊涂的《工业电子学》课时,路梦糊里糊涂地在课桌上涂下了这几句"呓语"。

茫然,如影随形的茫然,挥不走赶不开的茫然。路梦看了看表,五点。早着呢,晚自修六点半才开始。张志高怎么还不来?唉,夫江?这家伙,干吗要给自己取"夫江"的笔名?怪!对,反正是"怪物",怪物取个怪名,合情合理。我是什么时候开始喜欢这怪物的呢?喜欢到近乎崇拜的地步。脉冲,对了,他简直是《工业电子学》里讲的"脉冲"——"触发脉冲",跟他在一起，谁都会被"触发"起潜在的积极进取之心的。

"路梦在吗？"有个声音隐约地从宿舍走廊传来。张志高，对了，肯定是这家伙。

"路梦，有人找你。"沈利华高声吆喝着推开了门。门外，他们班的那群"球星"们正手舞足蹈地拥着一个足球向大操场进军。难得今天"足球迷"竟然没有加入这浩浩荡荡的行列。

"张志高！"路梦边叫边从床上一跃而起。

"Hello！"张志高张牙舞爪地进来，张牙舞爪地招了招手。

"Come in！"路梦开始手忙脚乱，"Sit down please！沈利华，你再去拿两个茶杯，我这有咖啡。"

"雀巢咖啡，味道好极了！"沈利华先知先觉似的。

"呸，哪来雀巢咖啡？七分钱一块的，咖啡茶，要是嫌档子低，你可以别喝，"路梦一口气道，"快去拿茶杯来，我这儿只有一只。"

"凤琴那儿，我上个星期天去过。"张志高从随身带来的帆布包里取出一卷宣纸,"他说你的诗艺大有长进。哦,这是他托我带给你的——"

路梦接过打开一看,一幅颜体字"上下求索　永不退却　与路梦共勉",落款是"凤琴书于八四、九、卅"。

永不退却?!路梦心头一怔,是的,也许,我现在就是在退却——那份茫然,浓得化不开的茫然……

"最近,你给凤琴寄过诗作,是吗?"张志高打断了他的思绪,"为什么不给我看一些呢?怀疑我的鉴赏能力,是不是?"

"不,不,不,"路梦站起身子,轻轻地把头一扬,道:"我当场为你朗诵一首。"

"好,我洗耳恭听。"

"《我的自白》,"路梦顿了一下,沈利华拿着杯子走了过来,路梦指了指桌上的咖啡茶,示意他代劳一下,自己则从头到脚进入了角色:

"我宁愿裸露着思想,

而不要遮羞的薄纱。
我有着累累的伤痕,
但不是毒疮的褐疤。
我不爱孤身独往,
尤其在花前月下。
我甘心茹苦含辛,
任凭那风雨交加。
我不为春日融融而频绽笑蕾,
也不因秋风瑟瑟而愀然落叶。
青山施予我岩石般的骨骼,
碧海赠给我波涛似的热血。
我把惆怅深埋地下,
让它腐烂变成石油;
我将希望遥寄星空,
让它发光照亮宇宙……"

忽然间,风停,雨霁,"夏天写的。现在……"

"现在怎么呢?"张志高用调羹搅拌着沈利华递给

他的咖啡茶,"现在已不再有燕赵悲歌了,是不是啊?"

"前几天,'诗人'还写过一首激情洋溢的鼓动诗呢!"沈利华抢着接口。

"是吗?"张志高喝了一口咖啡茶。

"哦,"路梦连连狂饮,"是这样,我们班的才女韩晓露写了一篇《月夜,在海上》贴在班级的《交流园地》里,我觉得她这篇文章立意太低了,通篇笼罩着一种随遇而安的情绪,抽象出来,就是:希望等于月亮,月亮等于大学生;一旦报考了中专就等于失去了做'月亮'的资格;于是,就认了当'星星'的命——因为天空既需要月亮,也需要星星。这公式简直太那个,怎么说来着——憋屈,胸闷,对吧?我跟她来了个针锋相对——

"不要让暂时的悲剧以永久的涕泪作结;
不要把雨后的积水认作无垠的大海。
公章和 Pass 绝不是开拓者的主宰,
命运的戏剧应当由我们自己的意志来编排。

拼搏吧！在这人生的舞台，

欣慰的别名就叫:汗与泪！"

"嗯,这几句'口号'很有号召力!"张志高摆动着二郎腿,"后来,你就把这'口号诗'跟韩晓露的文章贴到了一块儿?"

"哈哈哈,"路梦连喝几口咖啡茶,笑得咖啡茶进入了气管以致连咳了几下,然后,说道:"谈谈,你的情况。现在还写点什么吗?"

"哪儿还有时间呢？六点钟起床,尔后,听广播英语;早餐;早餐后七点二十分上班,一直上到下午四点三十五分。上班时根本就不好看书什么的。吃好晚饭,写日记,然后,上电大,上完课,八点半了。再看个把钟头书。怎么还写得成什么呢?"

"那,你不是放弃了文学吗?"路梦疑惑加惋惜。

"怎么好说放弃了文学呢?"又是张牙舞爪的风度,"不熟悉生活,怎能搞文学呢？我想,在机械方面,取得了硕士学位,再回过头来搞文学还是为时不迟的。"

"契诃夫!"路梦揶揄道,"中国的契诃夫!"

"怎么说?"

"契诃夫有句名言:'医生这项职业才是我的结发妻子,文学只是我的情妇而已。'你张志高孜孜不倦于'窃玉偷香',对不对?"

"哈哈哈……"

觥筹交错,起坐而喧哗。

就像那陶瓷杯、玻璃杯根本不能取代想象中的"觥筹",刹那间的欢娱也不可能留住一如想象中的宋代。

路梦一把抓住张志高的手,近乎"温存"地说:"我很想你,张志高!你知道我为什么要找你来?知不知道?"

"其实我这个人很脆弱,张志高,我的感情很脆弱。"

"可是,你的意志很刚强。"

"少来涂脂抹粉好不好？我很孤独，非常非常的孤独，懂吗？我是命中注定一辈子超不脱的！说心里话，我真想玩世不恭。既然这个世界玩弄我，我为什么不可以倒过来玩弄它？我问你，假如你是我，你忍受得了别人无中生有地在你背后甚至当面给你戴上一顶又一顶'桂冠'吗？什么'神经病'、'癫蛤蟆想吃天鹅肉'！你知道，妒火中烧的人比豺狼更狠毒，言辞的屠杀比刀枪的屠杀更可怕?！哦，我受不了！我要发泄！我要毁灭这个世界！"

"你应当学会宽容，懂吗？宽容。对于别人，除了至爱亲朋，绝不能做半点的'要求'！认识他们，但不要'要求'他们。我说的'要求'是指心理上的期望。换个角度讲，你应当仅仅期望他们有魔鬼那么一点'善心'，那么，假如你发现，其实他们比魔鬼要稍微'慈悲'一些的话，你就会感到心满意足了。"

"以毒攻毒，路梦，"沈利华握着拳头，"我们应该对那些畜生以毒攻毒。"

"嗯。"路梦望了望沈利华,又将视线移向张志高,"'他人是地狱',法国哲学家萨特说过……韩晓露也这样说过。"

张志高若有所思地凝视着路梦那双异常清澈又充满了诗人特有的灵气和"迷茫"的眼睛。一会儿,他又看了看身边的沈利华,然后,轻声说道:"我们都应当为自己和自己的世界而活着。每个人都有着属于自我的世界。在这小小的世界里,虽有淡淡的苦涩,也有淡淡的温馨。有了这小小的世界,管他什么外界的风风雨雨。"

外边想起了一阵喧哗,那些了不起的"球星"们簇拥着一个踢破了的足球,带着浑身上下的"光荣的纪念","从硝烟弥漫的战场上凯旋了"。

张志高和路梦几乎同时地看了看各自的腕表,已近六点。

"我得告辞了!"张志高站了起来,把自己的帆布包往肩上一甩:"六点一刻,我还要上电大的课……"

路梦欲语还休的眸子忽然提醒了张志高。"《启明星》组稿……也许一时我爱莫能助……这样吧,路梦,你先尽可能地去赢得更多的人的'赞助',至于我,尽力而为吧!"

吵吵嚷嚷的"球星"们已经以锐不可当之势雄赳赳气昂昂地"开"进寝室,接下来的必定又是"战果辉煌"的炫耀。

"在狂欢的人群中,属于你的只有孤独。"梦的预言又一次在空中回荡——谁也不会听得见,除了路梦以及"尚待考证"的冥冥中的神明。

"张志高!"在一股说不清的冲动支配下,路梦快得不能再快地从枕下取出一封信,倒出"信纸",放进张志高的手中,说:"《萌芽》杂志今天退给我的,一首诗。你拿回去,给我分析一下,好吗?"

第九章　心有灵犀

第二天傍晚。

半倚半躺在床上,可以清晰地看到窗外。窗外,下着蒙蒙细雨。宿舍楼前的那片翠竹随风摇荡着,传来轻轻的"唰唰"声。明天将要进行《模具》课程测验,《模具》教科书和课堂笔记便跟随路梦光临到了寝室。

原先，它们是想充分利用分分秒秒的时间为其主人效劳的，没想到，都被主人垫到了枕下，仿佛这么一来，主人便可以"高枕无忧"似的。

"临考效应！"忽然间，冥冥中的神明把一个崭新的术语打发进路梦的意识里。

"我已鬼使神差地陷入'临考效应'。"

"临考效应作用于不同的客体，会引起不同的反应。"路梦的灵魂在跟路梦对话。

"路梦，该到教室去啦！"沈利华从对门101宿舍出来叫他。于是，他夹起书本、讲义，与沈利华合撑一把雨伞，朝教室走去。

走进教室，一如往常，最先摄入路梦眸子的就是"伊人"那端庄的身影——在这微妙的刹那间，他有着视"伊人"以外的一切而不见的特异功能。"伊人"端坐在她的座位上，远远地便感应到了路梦身上发射出来的特有的"电磁波"，很快地迎视路梦灼热的目光，

第九章 心有灵犀

又很快地躲避，低下头，"继续"复习她的功课。

路梦走过去，坐到自己的座位上，发现几乎全班都陷入了奇妙的"临考效应"——百分之七八十的人一面高叫着"大难临头"，一面做着与考试老死不相往来的事儿。忽然有人郑重申明："要是'冲头'卷子出得不上路，卡卡我们，老子就背地里折腾他一下，让他也尝尝不痛快的滋味。"《模具》课老师之所以被取了一个"冲头"的绰号，是有出处的——模具中有一类品种叫做"冲模"，冲模由"凸模"和"凹模"配套组成，"凸模"俗称"冲头"，而这位任课老师脾气比较"冲"，不大懂得变通。有人在课桌上、小纸条上用"密码"准备临场发挥的"绝招"；也有人交头接耳地甚至大吼出声地商量结为"考试同盟军"。忽而有人异军突起，呐喊："奏乐！奏乐！"

别的教室里响起的"奏乐"声浪已经海浪一般涌进他们班的教室。那是"千年一现"的奇观：调羹敲击饭盒，扫帚打击铁皮簸箕，脚跟、椅子猛蹬地板，钢笔套成了"管乐器",口哨、鼓掌、喝彩一并出现——好一场空前而未必绝后的"交响乐"!班中正陷入"临考效应"的绝大多数同学惊呆了。然而,没过多久,大家都弄明白了怎么回事。不少勇士理所当然地积极"响应"。

将"乐声"仔细过滤之后,路梦听清楚学校广播站正在广播署名"余心言"的杂文《"大锅饭",你该退场了——小议食堂"包伙制"》。他做梦也没有想到,一己的心声居然会获得了如此强烈、如此壮观的共鸣。

上课铃响,"交响乐"声渐渐隐退,只是"余音"始终不绝如缕。

终于,他们班的同学们又陷入了"临考效应"。这次测验不可等闲视之。"冲头"老师说过,《模具》课就测验这一次,算作平时成绩;平时成绩分数要跟《冲模课程设计》分数在总评成绩中平分秋色。不过,刚才这场"交响乐"实在精彩,难怪,大多数同学在原有的"反应"的基础上多出了一项"反应",那便是对膳食科的猛烈抨击和议论"余心言"是谁之类。

韩晓露对文章风格的感悟能力,以及对路梦文风的感知能力起码要比同班的其他同学高出一百倍。心有灵犀的韩晓露悄悄地转过头来,投给坐在她身后座位上的"余心言"会心的一瞥……

几乎整个晚自修,路梦都沉浸于难得的"幸福"的氛围之中。福至心灵,今晚的大脑也特别管用:平时因上课打瞌睡或者偷偷阅读与所上课程毫不相干的《莎士比亚全集》《普希金诗集》《约翰·克利斯朵夫》之类文学书而落下的几个章节,晚自修前还视为畏途,现在竟然在短短的一个多小时内统统一攻即破。"找出了规律,《模具》课根本不难学。"路梦终于悟到"冲头"老师的那句至理名言并非谬误。

按照惯例,晚自修一进入尾声,同学们就不会再继续潜心读书,除了几个老师眼中的"好学生"、大多数同学眼中的"书呆子"特殊例外。自从进了电校,路梦跟"好学生"的形象几乎再也没有沾过边儿。

"路梦,"同桌杨建平轻轻拍了拍课桌,"睡不醒啊？你！"

刚复习好《模具》课程伏案做着相思梦的路梦瞪起一双"醒眼",看了看杨建平。这"瘟羊"正在和"棋迷"张小明对弈,他的手里正"牵"着一匹"马",状若"举棋未定"。这种象棋也只有聪明绝顶的"棋迷"才发明得出来。"棋盘"是画在一本24开的带塑料皮套的笔记本上的,画得精致得不能再精致。该标注"界河"的地方,他标注了"楚汉";右下角还标着小得不能再小的英文字:"CHINESE CHESS"。"棋子"更是举世无双——薄薄的牙膏盒之类的硬板纸被剪成了统一规格的小圆片,在那没有印上图案的一面写着"车"、"马"、"炮"之类篆体字——这样的文字真是太"象形"了。并且,按照常规,一半棋子是红字,另一半是蓝字。这副象棋是"棋迷"专门为自修课时消愁解闷而发明的,它最大的妙处在于：要是班主任方敬竹突然闯进来监察自修,对弈者随时可以不露声色地将棋子往塑料皮套内一塞,再把纸头一翻,这样,老"姚鼐"纵然再精明也会误以为他们是在针对课堂笔记相互讨论,而不会联想到这笔记本内"别有洞天"。

"瘟羊"放下了"马",继续道,"明天考试胸有成竹了?"

"胸有竹笋!"路梦笑道,"只要'瘟羊'到时候肯跟我通力合作,还怕竹笋长不成毛竹?"

"吃!""棋迷"乘其不备,吃掉了"瘟羊"一个棋。

"啧啧!""瘟羊"亡羊补牢。然后,又掉头问路梦:"《机床》作业抄好了?郭平遥讲明天早自修要交的。"

"哦!"路梦突然发现自己顾了"西瓜"却还忘了"芝麻","快点,把你的本子拿给我抄抄。"

"瘟羊"慢吞吞地掏出作业本,朝路梦这边一扔:"我也是从人家那儿拷贝来的。"

"管它是原版还是拷贝。"路梦边说,边迅速"翻版"。

晚自修下课铃响过不久,路梦的"翻版"眼看就要大功告成,沈利华兴冲冲地跑来,悄声告诉路梦:"张志高正在外边等你。"路梦赶忙收拾了一下课桌,跟着沈利华小跑出去。

刚下楼,路梦就看到了拎着折伞"原地跑步"的张志高。秋末的雨夜不无寒意。

"张志高!"路梦三步并作两步,"你怎么会来的?今天!"

张志高"站"住了,先是一个注视,然后道:"我是来交差的。"

交差?交什么差?交谁的差?哦,想起来了。果然,张志高"毕恭毕敬"地捧出一张折拢的文稿纸,"毕恭毕敬"地放进路梦的手里,然后,"毕恭毕敬"地说一声:"你拿回去再看。我还有事儿,再见吧!"

"再见了?"路梦似懂非懂地看着昔日"张牙舞爪"的夫江、今夜"毕恭毕敬"的张志高,"还有事儿?

哦……再见……"

"你不送送他?"站在一旁沉默已久的沈利华突然开口。

"不用了,"张志高边说边打开雨伞,"回去吧,你们。"随即,投入了雨中。

熄灯后,班中的男生们无一例外地变成了"卧虎藏龙",深深地"藏"进了被窝;并且,谁也不能免俗地感到一阵获得了"解放"的快意。"光明"中不能不失去的自由,"黑暗"里尽可以放肆地享受。"男孩子"一跃而升级为"男子汉"。男子汉就有权不加掩饰地高谈阔论各路"风流娘儿们";同时,活学活用机械专业的名词、术语,创造性地构思出一个又一个"风流小品"画饼充饥、望梅止渴,从稍为文明的车、铣、磨、刨的谐音联想——"车小姑娘(按:方言,意为与女孩子谈恋爱)就要嬉皮塌脸,死缠硬磨,否则,别想搂搂抱抱"之类的"恋爱经",到粗俗不堪的借用凸模、凹模、定位鞘、导正钉、材料硬度、公差配合、润滑剂等专业术语进行的惟妙惟肖的"房中术"比附，无奇不有，应有尽有，让那种青春期特有的强烈的饥渴感获得替代性满足，在那可怜的满足感中一个个昏昏入睡。

夜深了。窗外雨也停了。"唯我独醒"的路梦，借着窗外映射进来的银白色的路灯光，展读着晚自修结束时张志高专程送来的那首署名"夫江"题为"江边偶拾"的诗：

芦花——

你——是花吗？

蓬松的一团不含水分

枯槁的一束没有色彩

你——真的是花吗？

是花，是花

蒙受了夏的迫压

忍受了秋的鞭打

就像从心底吐出的话

你开放了
开放在你成熟了的一刹那
开放在你
即将远离人世的一刻间

知我者，夫江！他惊愕于"夫江"对自己的灵魂如此敏锐的洞察。人，从外表到内在，一层又一层，裹着好几层相互关联又各不相同的"自我"。最深处也是最真实的那一层，可以称作"灵魂"。

《芦花》正是昨夜让张志高带走的《萌芽》杂志退稿。《芦花》中的"我"——那个伫立于苍茫天宇之下茫然无助无限哀伤祈祷着"归宿"的抒情主人公，正是当时他的灵魂的象征与写照。

芦花开了，
开在游子漂泊的异乡，

梦的迷错

开在深秋冰凉的呼吸中——

仿佛冬雪奏出的序曲

飘飘悠悠。

我以柔弱的目光轻抚

这曾在童年的梦中留给我轻烟似的忧伤的一束，

就像我把自己的手

轻搭自己的头，抚弄着

曾经是那么柔软而褐黄的发。

残梦的裂痕

宛如这水中褶皱的波纹，

无限地延伸。

芦花开了，

一朵一朵

有根的白云，

飘荡在它们的故乡，我的异乡。

我也是有根的呀，

第九章 心有灵犀

深扎在母亲的心田里。

秋风劲吹,

我将归宿何方?

我这一朵漂泊时空的白云,

浪迹萍踪,

值热气尚未散尽;

假如有一天,

我心的屋檐挂起了冰的钟乳,

我要归去的,

我要归去,

化作立春前的细雨……

如叹息,如六弦琴上流淌的《悲歌》的旋律,"芦花"的诗句,又一次梦一般飘至路梦的耳际。知我者,夫江!

可是,若是"知我者,伊人",那该多好!路梦无数次地期待着"伊人"能成为他的"红颜知己",能读懂他内心灵深处的音符,为他"揾英雄泪"……

直到有一天,突然出现了一个"神仙妹妹",出现了不仅读懂,而且从头到尾背得出《芦花》的彭珊珊。

第十章　风波骤起

　　天色大亮。厂车停靠声、自行车铃声、嘈杂的人流声混作一团。
　　从大梦中惊醒的室友大叫一声:"上班来不及了!"
　　回忆被打断。

盥洗室。食堂。办公室。

他的办公桌临窗而设。窗台内侧依次排列着翠绿的文竹、褐色的假山、洁白的茶杯。旁边浅蓝色的墙壁上,斜挂着一幅金属折光画——黑白的山水、金色的边框。八人共同办公的屋内,唯独这属于路梦的一角尚存几分不属于"办公"的气息。

路梦练着仿宋字,一笔一画非常认真。他认定这是他作为一名设计员所不得敷衍的一门"必修课"。

一张4号图纸大小的白纸已被工工整整的方块字填去一大半。

也是这么大小的一张纸,也差不多有这么多字,只是字体要自然率真得多。

骤然间,路梦的意识领域被大约四个月前自己写给韩晓露的那封信占据着。

姐姐:

你误解我了,你完完全全彻彻底底地误解我了!

第十章 风波骤起

难道只有说了"我爱你"才能证明我是爱你的吗？难道只有微笑才能表示友好？难道只有恭维才能表示喜欢？我恨你，我恨你，姐姐！世上没有一个坏蛋比你更坏了，姐姐！我恨你，恨你，恨你恨了整整两年！我还会恨你，"此恨绵绵无绝期"。

两年多来，一个纯洁而神圣的信念支撑着我，慰藉着我，复活着我。而今，什么都完了！真的都完了？

难道我不知道你本来想跟我谈些什么？难道我真的愿意装聋作痴？我恨你，恨你，姐姐。你太可恨了！你怎会知道，深深的痛苦让我沉默；重重的厄运使我理智。你怎能想象我是个怎么穷的穷光蛋？又怎能想象我的前途布满了多少荆棘和苦难？我们都是人，食人间烟火的人啊！难道我爱你就应当让你与我共同承受本来只属于我一人的风雨、坎坷？！

两年多来，我慢慢地学会将炽热的情感渐渐地冷却。可是，情网既张，插翅难飞。吾岂太上忘情者矣？我只能将它深深地藏起，再深深地藏起。可是，连梦

中的梦里也没有梦到过,你今天会如此冷漠地对我!我恨你,我要惩罚你:

I love nobody but you!

路梦

1985.4.28 夜

路梦在记忆的大海里努力搜寻"1985.4.28"前后他与韩晓露之间发生的故事。

虽然,韩晓露在路梦心中占据着不可替代的神圣的地位,但是,他们之间的真实关系,外人很难看懂。在路梦的口中,韩晓露"很虚伪"、"自命清高";在韩晓露的口中,路梦"很高傲,总是自以为是"——从表面上看,他俩根本不像什么相爱之人,倒像是"冤家路窄"。

一度传言,说路梦已有其他女朋友了。无风不起浪,确实还有别的女孩也曾在路梦的日记中出现过,

第十章 风波骤起

也许,她们也曾在某一个刹那甚至某一段时间拨动过路梦的心弦。然而,这些女孩谁也没有像韩晓露那样让路梦产生过魂萦梦牵、刻骨铭心的感觉,因此,谁也没有取代韩晓露在路梦心中的地位。

1984年10月27日,在校园的林荫下,比路梦低两届、对路梦颇为崇拜的学妹何倩倩跟路梦说说笑笑好长时间,正好被路过的韩晓露撞见了。不仅如此,相隔半个多月,11月15日傍晚,何倩倩穿着一件崭新的紫色上衣,跟一位穿着浅绿色上衣的女孩满面春风地来到路梦的教室找路梦,要路梦帮她借一辆自行车,说是她和她的同学要骑车去电影院看电影,碰巧韩晓露也在教室里。这还了得?"女朋友"都找上门来了!路梦留意观察了韩晓露几眼,当时,韩晓露满脸绯红,神情怪怪的,专心致志地背着《德育》笔记。任课老师说得一清二楚,这学期《德育》开卷考,还用得着背吗?韩晓露啊韩晓露,你干吗不装得稍微再逼真一点呢?

此后不久,路梦和韩晓露一起在郭先生办公室印刷《启明星》第一期封面。当原先也在场的郭先生突然有事离开一会儿的时候,韩晓露莫名其妙地跟路梦说何倩倩"没有个性"。这是怎么啦?人家何倩倩比你韩晓露低两届,学业上跟你韩晓露不存在竞争关系,又没有跟你产生过任何其他瓜葛,而且,你又从来没有跟人家交往过,对人家的"个性"了解多少?退一步讲,一位普通的校友、学妹,有没有个性,跟你韩晓露有什么关系呢?韩晓露这一赤裸裸的"吃醋"表现,让路梦暗自窃喜——要是她不爱我,怎么会"吃醋"呢?然而,他嘴上却故意煞有介事地"批评"道:"无端地贬低他人是浅薄的表现。"韩晓露听了,脸上红一阵白一阵的,煞是难堪,稍后,她机敏地转移了话题:"今天,我们班还有好些人没缴团费。"

"我已经缴了,"路梦接过话题,"我还为杨建平拔了毛呢!"

"这么说,你是吝啬的啰?"韩晓露笑着问道。

第十章 风波骤起

"吝啬,"路梦扮了个鬼脸答道,"尤其在借书方面,我是不大愿意借给别人的——买书的一般都是爱书的,最怕别人把心爱的好书弄脏、弄坏。"

"那么,假如我跟你借呢?"韩晓露意味深长地问道。

"你么,我倒是非常乐意的。"路梦不假思索地答道。

"我可也是不大爱护书的啊!"韩晓露故意画蛇添足。

几天之后,晚自修前,路梦的课桌上堆着从一位朋友处借来的一大叠《星星诗刊》,正准备摊开笔记本做摘录时,韩晓露突然走了过来,问路梦:"你这儿是否有《艾青诗选》和《艾青诗论》啊?我想借来看看。"一开始,路梦把"艾青"误解为"爱情",吃惊不小,随即,他马上反应了过来,并以迅雷不及掩耳之势在草稿纸上写了个"艾"字。刹那间,四目对视,心照不宣……

要是真的为了借书而借书,找图书馆不是很方便吗?这点小把戏,路梦还是能够看明白的。路梦万万没有想到的是,平时那么高傲的韩晓露居然真的会屈尊来向他"借书"。其实,其中的玄机不难参透——"情敌"何倩倩都已经找上门来请路梦帮她借自行车了,韩晓露再不放下架子,主动出击,也向路梦"借"点什么,以后还会有戏唱吗?

在此前后,韩晓露在路梦的好友之一"小胖"面前有意无意地套口风:"听说,路梦已有女朋友了,是吗?我替他感到高兴,真的,我觉得以前自己对不起他。"又说:"路梦没有诗人气质——不够敏感;水平只不过如此。"又故意把自己的家庭情况颇为详尽地透露给"小胖"。还有一次,韩晓露对"小胖"说:"路梦所喜欢的东西,我不一定也喜欢;我所喜欢的东西,他也不一定喜欢。但是,他所喜欢的,我即使不喜欢,还是觉得它们是好的。我们要容忍自己欣赏趣味以外的东西。"果然不出所料,"小胖"把韩晓露定向发出的这些信息全部原原本本地传递到了路梦那里。

在路梦面前,韩晓露不时露出让路梦感到捉摸不透的愠色。也许,正是这含娇带嗔的"愠色"一次又一次拨动着路梦的心弦,让路梦"心有千千结"。伴随着这"愠色"的是她那深不可测的眼睛,每一次聚焦到路梦浓浓的剑眉下那双无比清澈的大眼睛——哪怕是短短的一瞬,总能施展出"吸魂大法",一次又一次把路梦的心魂从她的一个个潜在的"情敌"那儿吸回到她的身边。

公元 1985 年 3 月 8 日,晚自修散时,路梦凭直觉感到韩晓露等会儿有什么话儿要跟他说。他想继续在教室里待下去,等待事实证明自己的直觉,可是,值日生拿起扫帚准备打扫卫生了。路梦只好佯装无动于衷地走出了教室。

第二天晚上,乘教室里没人时,路梦在韩晓露课桌内的一叠空白文稿纸的第一张上用铅笔打了个大大的问号,然后,放回原处,并照原样用铅笔盒压住。

第三天晚上,晚自修散了好久,路梦仍没有走出教室。韩晓露也没走——一定是那个"?"把她钩住了。随着毕业日渐临近,路梦想跟韩晓露开诚布公地好好谈谈的念头变得日渐强烈。可是,教室里,还有另外一个人——他们的班长也一直没走。窗外下着雪。不知是因为心情紧张还是因为天气寒冷,路梦感到自己浑身上下都在不停地微微打颤,喉咙口难受得要命,像是感冒发烧的症状,于是,只好悻悻地离开了教室。

1985年3月28日,《启明星》第二期准备印刷封面,套印设备出了点问题,郭先生出去找人修理,《启明星》编辑室(也就是校文学社指导老师郭先生的办公室)只剩下路梦一人。韩晓露突然走了进来,说是要缴纳文学社"社费"。编辑室内只有韩晓露和路梦两个人。这是一个极其难得的向对方表白的机会,路梦却装得十分冷漠。

韩晓露说出了路梦梦寐以求的愿望:"路梦,我想跟你好好谈谈。但是,现在我们都在搞毕业设计,都很忙,你说是吗?"

路梦只用"哦"、"嗯"两个叹词作为回答。

然后,两人又平平淡淡地说了些无关紧要的事儿。

人啊,跟心上人说心里话为什么总是这么难呢?人啊,多么可怜的生灵啊!一到关键时刻,为什么总要违背自己真实的心愿,违背人性地扮演"傀儡"一般的角色成为异己呢?

1985年4月28日下午,班级团支部电影包场,电影票却"包"得七零八落。

前往"闪光"影剧院的路上,路梦付出好大的勇气叫住了前边和另一位女生同行的韩晓露。路梦嗫嚅着,脸、耳如火烧一般。"火"同样在韩晓露的脸颊烧着。韩晓露急促地丢给路梦一句:"我的票子,10排12座;14座的,好像在杨建平那儿。"惊鸿一瞥,匆匆离去。

电影即将开映,墙上壁灯的光亮在慢慢地变暗。25排31座——剧院一隅的路梦一直远远地注视着10排12座。几分钟前,他抄近路提前赶到那里,尝试跟杨建平——慢条斯理的"瘟羊"调换座位。"瘟羊"大智若愚:"这么蹩脚的角落头座位来调我'风水'这么好的位子,葫芦里卖的什么药?"

韩晓露来到她的10排12座。灯光更暗了。

路梦终于出现在韩晓露的跟前。

"韩晓露,那边'有人'找你。"

"哪儿?"

"那边!"

韩晓露跟路梦一起在25排31座、33座相继坐下。周围没有相识的人。路梦听得见自己心脏"嘭嘭"的跳动之声,沉重,规则。一股异样的馨香从韩晓

第十章 风波骤起

露身上飘来,撩人心魂,然而,路梦不敢有半点非分之想——哪怕只是轻轻触碰韩晓露的纤纤玉手,他都会感到是对她的亵渎——长久以来,在路梦的心目中,韩晓露是何等的圣洁!他抬眼而望,怀着朝圣者的至诚,他的目光和她的目光顿时重叠。呼吸凝滞。

"韩……晓露……"

"嗯?"

"你……误解我了。"

"误解你什么了,你快点说呀!"

"我……"

"快说呀!不说我可要走了!"

"哦,不要……"

"你这人怎么这么蛮不讲理呀!让你说么,又不说。没事的话,我可不再奉陪了。"

"你……"

"好,再给你半分钟考虑时间——29秒,20秒,10秒,5秒,2秒,到。想好了吗?有什么事?"

"我……"

"没事——?"

"等一下!"

"既然没什么事,那就算了吧。你知不知道,无端地浪费别人的时间——简直等于犯罪!我走了!"

韩晓露走了,义无反顾。刹那间,路梦快要晕厥。她真的会这么讨厌我?她是这么地凶狠、残忍!难道,是我判断错了?

不多一会儿,路梦心中的狂涛渐趋平静。老子云:"正言若反"——她越对我"凶残",越从反面证实了我的判断,难道不是?

次日早自修。

路梦堂而皇之地以校文学社社长的身份来到韩晓露的课桌旁。

"韩晓露!"

韩晓露装作没有听见,埋首于《机床与机床电器原理》书中。

路梦用手指在韩晓露的课桌上弹了几下——他有经验,这轻轻的弹指声,若是趴在课桌上,听起来其实一点儿也不轻。然后,他又叫了一声:"韩晓露!"

"嗯?"

"你出来一下。"

"我没空。"

"第二期《启明星》杂志印好了,郭先生跟我说好的,要我们全体编委早自修时去拿。"

"你没有看到吗?我没空。"

路梦悻悻返回自己的课桌,用打开着的书本搭起"帷幕",躲在"帷幕"之后,偷偷地凝望着韩晓露的头发和背影,好久,好久。

早自修就要结束。路梦再度厚着脸皮来到韩晓露身旁。

"韩晓露,请你马上和我一起到郭先生办公室去拿第二期《启明星》,听到了没有?"

"听到了。可是我没空!"

"郭先生讲好的,早自修时去拿。不去,他可要白等了呀!"

"但是,现在我没空!"

到郭先生办公室去拿《启明星》杂志其实只是把韩晓露约出来单独碰头的借口。心知肚明的韩晓露偏偏故意不去。路梦俯首于自己的课桌,觉得自己在韩晓露面前简直无计可施。他突然感到浑身上下热得难受,喉咙干得快要冒烟。膝盖上捧着《机床与机床电器原理》的手忽然颤抖了一下,书本掉到了地板上。

从校医务室开好半天的"病假",回到教室,第一节课已经开始上课。在将病假单交给任课老师的时候,路梦趁机偷偷地意味深长地向韩晓露"怒视"了一眼。韩晓露的脸霎时涨得通红。路梦顿时感到一阵强烈的"心电感应"。

第十章 风波骤起

走出教室,路梦将原本打算亲自交到韩晓露手中的那封信塞进邮筒,寄到她家里。下午放假,明天调礼拜,后天"五一"节。这封信韩晓露百分之百可以按时收到。

造化弄人。就在路梦写给韩晓露的信中信誓旦旦"I love nobody but you!"之后一个月不到——1985年5月22日傍晚,上苍竟让路梦遇见了一位给《启明星》杂志投稿的作者、一个让路梦"惊为天人"的女孩——彭珊珊。自从见到珊珊的一刹那起,韩晓露在路梦心中独一无二、至高无上的地位开始出现了微妙的变化。但是,路梦依然深深地爱着韩晓露——天地可以作证,日月可以为鉴。

6月初。毕业分配的去向已经基本明确,根据就近分配原则,韩晓露被分在城北的江城机床厂,路梦则分在城南的江城机电厂。虽在同一座城市,但是,在交通并不发达的二十世纪八十年代,却有点"天各一方"的意味。此前,韩晓露争取过留校,想发挥自己的特长,担任语文教师,但是,就在不久前,有关部门出台的"红头文件"规定:中专毕业生不能担任中专学校的任课教师。这意味着,假如留校,就只能到实验室工作,日复一日地跟自己深恶痛绝的机械专业的基础性工作打交道,这将使韩晓露感到不堪忍受。

6月上旬,学校给他们毕业班的同学发了统一印制的中华人民共和国中等专业学校"毕业留念册"。同学之间开始在"毕业留念册"上互相留言。

6月18日晚上,路梦在韩晓露的"毕业纪念册"上留言:

"至今咫尺隔天涯,自今天涯更天涯?……"

三天之后,韩晓露在路梦的"毕业留念册"的最后一页(有意跳开了好多空白页)回应道:

"你可喜欢德彪西和李斯特?在我德彪西式伤感

的音乐中也有你的音符在跳跃——这两颗心始终不能明朗地对视和微笑,中间隔着我的矜持和你的偏颇——呀,这堵墙,我诅咒它!我只能寄希望于未来的一天,在那一天,真诚的心不再被曲解成虚伪,《月光》奏成了《爱之梦》。"

6月26日晚上,很晚了,路梦跟韩晓露不约而同地待在教室里,彼此心照不宣地等待着单独相处的机会,但是,教室里还有另外两位女生一直没走,似乎故意不给他们机会。路梦只好悻悻然离开教室。刚走到二楼楼梯处,突然传来了韩晓露的声音:"哎,路梦,你等等!"

路梦欣喜万分地停住了脚步。

楼梯处没有路灯。在附近走廊里朦胧的灯光的映衬下,身穿白色连衣裙的韩晓露显得格外纯洁、娇柔和美丽。

二人谈了各自的毕业分配去向。

"我要分到城北去了。"韩晓露说道,"这样的话,开头几年,心情是可想而知的。我相信你明白我这句话的意思。"

路梦低头不语,似乎明白了韩晓露的言外之意,又似乎没有弄明白。"开头几年,心情是可想而知的"这句话貌似简单,其实太深奥了——即便从截然不同的方向,都能做出合情合理、自圆其说的解读。

幽暗的灯光下,韩晓露那双深不可测的眸子此时此刻更加显得其深莫测。

"我跟殷慧雯谈了好长时间。"韩晓露突然冒出一句让路梦一时觉得丈二和尚摸不着头脑的话来。

"哦。"路梦来不及跟上韩晓露不断跳跃的思路。

停了一会儿,韩晓露又说了句让路梦大吃一惊的话:"我觉得自己配不上你。"

路梦像挨了一记闷棍似的,一下子晕了:"你这是什么意思?"

"以后告诉你。"韩晓露说完,转身翩然而去。

第十章　风波骤起

　　路梦步履蹒跚地走出教学楼，怅然之至。天下着雨。他撑着伞，在雨中待了好久，千思万虑，找不到正确的答案：难道她又变卦了？"毕业留念册"上情真意切的留言，这才几天，说变就变？难道这白字黑字的，是我理解错了？难道她突然觉得我实在配不上她，所以，开始反悔了？难道因为城南、城北这两三个小时车程的距离，她要选择放弃这份感情？秦少游词云："两情若是久长时，又岂在朝朝暮暮"——这点空间距离算得了什么？再说，以后慢慢想办法，总会有机会可以调到一起的。难道她心里同时还装着别人，鱼与熊掌二者不可得兼，她要舍我这条"鱼"，取人家的"熊掌"？难道她知道了珊珊的存在？我只是一刹那的心动，她用得着这么惩罚我吗？何况我跟珊珊之间一切都还没有开始，一切都可以结束。一定是她偷看了我的日记——我在日记中提到了珊珊，虽然只有寥寥数语，分量却非比寻常，这样的句子，她要是看到了，一定会有意想不到的"杀伤力"。我偷看韩晓露的日记以及她在校医务室的病历卡都是家常便饭。韩晓露凭什么不会偷看我的日记?要窥探对方隐秘的内心世界,要了解自己在对方心目中的真实地位,还有比偷看对方的日记更有效的办法吗?日记平时就放在各自的课桌内,课桌抽屉都是开放式的,想看何难?都是我的过错!简直罪不可赦!苍天啊,你为什么要这样捉弄我?哦,也许,情况没有那么糟,也许,这又是韩晓露"矜持"的表现……

韩晓露始终没有告诉路梦为什么她会觉得自己配不上路梦——当时没有解释清楚,后来,再也没有机会解释清楚。韩晓露这似乎十分平常的一句话,却一直成为路梦心中的一个心结。其实,路梦1985年4月21日的日记中的一段话似乎早已从一个侧面揭开了谜底:

女孩子最容易打动男子汉的心的地方恐怕就要算她的姿色了。否则,就不会有那么多男人被称作

"色徒"了。正是因为这样,女孩子往往近乎本能地关心自己的姿色——远远超过男子汉关心自己的"风度";也正因为如此,女孩子对自己的容貌、打扮特别地敏感、重视。

JJ身上有着不止三分的自卑感,而其中最主要的因素也许就是自以为长得不够漂亮。可事实上并非如此:若看某些局部,的确不能说很美,而就整体来说,JJ是很妩媚动人的。

"美人"的概念应当有新的内涵,我觉得,外表的美固然重要,但是,内在的美难道次要吗?

韩晓露提到的殷慧雯是文学社的骨干成员之一。她比路梦低二届。平心而论,这女孩"颜值"不低。自从一年前相识之后,殷慧雯总是喜欢主动跟路梦交往。**路梦也来者不拒。**跟这个学妹在一起,路梦可以**无拘无束地谈文学**,谈人生,天南地北,海阔天空。他没有理由拒绝跟这个毫无心机、充满阳光的女孩交往。

在文学社活动时，殷慧雯当着大家的面，嗲声嗲气地称路梦为"师兄"，却从来不称韩晓露为"师姐"。言谈举止之间，她对路梦这位才貌双全、特立独行的学长一再流露出好感。这一切，都被韩晓露看在眼里、记在心里。韩晓露每一次遇见殷慧雯，总是载笑载言，亲热有加，有时，还勾肩搭背、携手进出，亲密得就像"闺蜜"似的。在这样一位颇有心机的学姐面前，胸无城府的小学妹能藏得住多少内心的秘密？

实际上，殷慧雯之所以称路梦为"师兄"，不是因为她跟路梦学的是同一个专业——机械制造，而是因为她们班级的语文课也是方敬竹老师教的。方敬竹在给她们班上课时，曾把路梦用文言文撰写的一篇《小传》一字一句地念给同学们听，并逐字逐句地进行讲解。更重要的是，路梦跟殷慧雯说起过，她们班级的作文和语文试卷，大多数都是路梦替方敬竹批改或批阅的。方敬竹完全信得过这位痴迷文学的得意弟子。

爱是一回事,欣赏或喜欢是另一回事。难道爱上了一个女孩,就不能再欣赏或喜欢别的女孩了?难道异性之间只有一种感情——爱情?问题在于你路梦可以这样想,可是,人家极其敏感的韩晓露并没有这样想。

"小路!"部门人事员老王出现在路梦的办公桌前,打断了他的回忆。

老王手里拿着一张空白的"报名表",放到路梦的办公桌上,说道:"厂武装部通知,动员适龄青年积极报名参军,你看是否填写一下'报名表'?"

刚参加工作的半个月光景,路梦隔三岔五地跟韩晓露打电话,不仅因为朝思暮想,想从电话线的另一端获得一点温存和慰藉,更重要的是为了听其声,辨其心,试图解开疑团,化解胸中的那个"郁结"。今天,路梦已经给韩晓露通过电话。早上刚上班给她打电话时,是她办公室的同事接的,说:"韩晓露刚巧不在办公室,有事儿的话,可以代为转告。"路梦说:"没什么事儿。"

过了大约半小时,路梦又打了第二次电话,韩晓露接到了电话。

韩晓露问:"有什么事吗?"

路梦答道:"没有什么事儿。"

韩晓露说:"没什么事儿的话,我就挂电话了啊,我这边最近挺忙的。"

路梦答道:"哦。"

那时,中越边境老山前线硝烟弥漫。一旦参军意味着随时都有可能奔赴前线,浴血沙场,马革裹尸。路梦感到测试一下自己在韩晓露心中究竟有多少分量的机会来了。

于是,他给她打了第三次电话。

"喂,我找韩晓露。"

"我就是。哦,是路梦啊?怎么又打电话了呀?

有什么事吗?"

"哦,我可能要当兵去了。今天,要填报名表。"

"当兵啊？哦,去之前告诉我一下啊,我来送送你。"

凭着韩晓露的绝顶聪明和敏锐直觉,她断定电话线另一端那位如此牵挂着自己的多情种子绝对不可能真的会去当兵,就像有一次路梦曾在韩晓露面前声称自己"除了成功就是毁灭。我的毁灭方式不是让自己的肉体从地球上消失,而是离开'红尘',出家当和尚去。"她就曾笑着点破过:"你这个人会舍得去当和尚啊？"然而,当路梦听到电话线另一头的韩晓露如此平静的反应时,他的心里顿时凉了一大截——他原以为韩晓露一定会心急火燎地劝阻,至少会表示不希望他报名参军。谁都知道,炮火连天、枪林弹雨的,炮弹、子弹会长眼睛吗？没想到,对方的反应却是那么平静,平静得就像"冷血动物"一般。

路梦又一次联想到 1985 年 7 月 19 日——毕业离校前夕的临别聚餐。那天，路梦虽然跟韩晓露同坐一桌，但是，他和韩晓露隔着好几个座位。让路梦深感意外、疑惑不解的是，在这即将天各一方的"最后一次晚餐"上，韩晓露对自己居然显得不冷不热、平平淡淡，却跟班中另一位男生紧挨着坐着，而且，他俩颇为亲热，接连碰杯、不停交谈，这不能不使路梦将那位男生当成了情敌，打翻了醋坛子，伤心欲绝。路梦接连狂饮了几瓶啤酒，杨建平、沈利华、徐国民和韩晓露等人一起劝他"别喝了"也没用。直到喝得再也喝不下时，路梦独自一人提前离开聚餐的饭店，边哭边骑车返回学校宿舍，后来，杨建平他们回来时，路梦还在不停地呜咽，泪水已经哭干……

一个太不成熟、热烈如火，一个过于成熟、平静似水——这两个分别来自不同星球的灵魂，虽然彼此向对方发出了那么多的光和热，但是，他俩的心弦终究不能以相同或相近的频率奏出和谐的乐章。

　　直到多年之后,路梦才恍然大悟——既然韩晓露已经下定决心成为自己的女友,对于一对恋人甚至夫妇而言,来日方长,这同班同学的临别聚餐根本就不是"最后一次晚餐",那又何必依依不舍、激动不已呢?再者,韩晓露故意当着路梦的面跟别的男生表现得亲密无间,难道不是因为"吃醋"而故意"回敬"、"惩罚"路梦吗?谁让你这个"木头人"收到韩晓露这么含情脉脉的赠言还表现得无动于衷似的毫无行动?谁知道你有没有移情别恋?谁知道你肚里到底有几根花花肠子?谁知道"你究竟有几个好妹妹"——就像那首歌中唱的那样?可是,路梦悟出这一"玄机"实在为时太晚了——韩晓露早已下嫁他人——更让他追悔莫及的是,韩晓露所嫁之人根本不是路梦推测、想象中的任何一位"情敌",而是跟韩晓露在同一个科室从事资料翻译工作的同事。

梦的注错

两颗同样过于敏感的灵魂，注定要不断地误解对方，不断地无谓地让自己的心流血，同时又让对方的心流血不止。

天气比较热，办公室里的吊扇在不急不慢地旋转。思前想后，想象中的一位又一位"情敌"的阴影在路梦的心头更加难以化解。他倒吸了一口凉气："她一定是'等闲变却故人心'……所以，现在她根本不在乎我了！"

想到这里，路梦决定，再也不给韩晓露打电话了。

此后，路梦的日记上，出现了一首童话般的诗篇《画梦的孩子》。

画梦的孩子

画了两颗清瘦、暗淡的星球。

第十章 风波骤起

他告诉我,

从前,离现在很远,

它俩曾经,

曾经是一颗——

那时他才第一次梦见,

梦见那是个

蓝色的太阳,

在他梦中的深夜

中天高悬。

那是个多么幽蓝

幽蓝的夜晚,

大海的悲歌

都幽蓝得安详。

好一阵狂风,

好一阵狂风打梦境里吹过;

梦的过错

好一阵狂风,

好一阵狂风将蓝太阳撕破。

从此,每一次梦见

都有两颗

残损的星球,相隔遥远。

从此,每一次梦见,

它俩都是

泪眼相对,默默无言。

星光在流逝不断,

流逝的星光怎能弥补这永恒的伤残,

它俩在相恨,相怨,

泪水将枯干,它们的光辉日益黯淡。

"啊,伤感的孩子,"

我想给他些微的慰安,

第十章 风波骤起

"再画一片海吧,画一片大海,
让所有的泪水都注入海里,
让忧伤的一切都化作狂澜。"

我望着那小孩颤抖的笔尖,
画成的竟是湛蓝的浑圆。
他似在说,他是在说:
"新的太阳从此将诞生,
那是大海的精魂升天凝成。"

那天晚上,路梦骑车去了电校。

在珊珊从宿舍到教室的必经之路上,路梦遇到了珊珊。珊珊悄声对路梦说道:"你先到郭先生办公室去等着,我晚自修结束后马上过来。"

此后,路梦几乎每星期都要去一次电校。每一次他到郭先生办公室看望校文学社的这位指导老师时,珊珊总会"碰巧"也有事要找郭先生。接二连三的"巧遇"，作为过来之人，郭先生早就看出了端倪，但是，他似乎有意成人之美，并且经常开玩笑地跟他俩说："路梦一来我这儿，珊珊恰巧也有事来找我，怎么这么巧的啊？"

第十一章 "因为我爱你"

  1985年秋天,路梦写过一首诗题为"昨晚"的小诗,送给了珊珊。这是一首不折不扣的纪实体诗——
  昨晚,
  很晚了,
  我来看你。

梦的迷错

> 你装得若无其事，
> 我伤心地亦扮作若无其事，
> 你写你的散文，
> 我读我的报纸。
> 很晚，很晚了，
> 我忽然站起。
> 千思万绪只道出"再见"两字。
> 轻轻地我抛出"再见"两字，
> 惊溅起深情的两颗
> 你的眸子。

随着跟珊珊见面的次数愈益增多，路梦几乎已经忘却韩晓露的存在。然而，韩晓露并未忘却路梦。

一天，路梦收到了韩晓露寄来的一封信。路梦突然发觉自己灵魂深处依然对韩晓露充满了眷恋和期待。可是，拆开信封，大失所望。信的内容平淡如水——平平常常的问候，平平常常地述说她自己的近况。总之,不是路梦当时热切期待的那种充满柔情蜜意、诗情画意的甜言蜜语。在深深的失望和难以化解的"猜疑"主导下,他给她回了一封信,信中出现了一语双关的"决绝"语句:"既然你很'忙',那么,你就去'忙'吧,反正,我也并不清闲。"这封信深深地刺伤了韩晓露,让韩晓露的心流血不止。她给他写信说:"不管怎样,我一直以为,至少,你是对我好的,原来我想错了!"于是,路梦立即给韩晓露发了一封信,像一个不懂事的小孩子似的承认自己"完完全全、彻彻底底地错了",请求"姐姐"原谅他,"就像小时候妈妈原谅我那样"。

就像德国诗人海涅所说的那样,"因为我爱你,我不得不避开了你"。

这种由于灵魂之间不同的频率和时空阻隔而频频造成彼此之间不断伤害、使双方的心头都交织着数不清的忧伤和忧虑的爱,终于使路梦无可奈何、无比痛苦地选择了逃避。

这段日子里，路梦元气大伤，心力交瘁，不得不依靠每天喝一支"人参蜂皇浆口服液"滋补身体才慢慢恢复了元气。

转眼一年多时间过去了。

一天晚上，一位曾经跟韩晓露在电校广播站一起担任过播音员的校友（学长）、曾被路梦误认为是"情敌"之一、那时跟他在同一家单位工作的同事来找他。

那天晚上，这位校友兼同事说他是"受人之托"想跟路梦解释一下什么，却没有说明受何人之托。路梦跟他虚与委蛇了两个多小时。谈话间，路梦了解了韩晓露的一些近况——她正在读外国语学院的夜大英语专业本科，一边工作一边读书确实很忙；此外，还了解到这位校友兼同事的确也欣赏韩晓露的才华，虽然他们之间有书信往来，但是，他俩只是普通朋友；他的恋人是本厂的一位美女话务员——路梦也认识的。那人又要打听路梦的家庭情况，路梦笑道："原来你是

第十一章 "因为我爱你"

来查我祖宗三代的！好吧，干脆从我祖上说起。虽然我姓'路'，但是，路家跟我没有任何血缘关系。我祖上是'朱明余孽'。祖父在民国时期，当过基层官吏，'反右'运动时，因言获罪，直到1979年才获得'解放'。我外公白皮肤、黄头发，中华人民共和国成立不久就去世了——我肤色这么白跟我外公的遗传有关；我外婆是我外公的第三位妻子，因为阶级成分不好，外婆莫名其妙地蹲过牢、戴过'帽'，也是1979年才'解放'的。路家没有亲生子女，我母亲五岁时，被送给路家做养女，后来，我父亲入赘路家做上门女婿，按照当地风俗习惯，我们全家都改姓了'路'。我之所以初中毕业没读高中而报考了电校，主要是因为历史的原因，那时，家里担心国家政策随时会变，所以，让我赶紧抓住机遇早日'出山'，脱离'苦海'。当然，还有一个因素，那时，电校录取分数最高，比所有市重点高中都高——按常理，最难考的必定是最好的学校。我是家里的老大，弟弟在一所市重点中学读高中，妹妹刚上初中。家里很穷,家徒四壁。"后来,那人又颇为"好奇"地问路梦:"最近,你在忙些什么呢?还在'搞文学'吗?"路梦告诉他:"平时,上班时间在搞工艺装备设计;八小时之外,基本上都是一个人在办公室里看书——参加了华师大中国语言文学专业本科自学考试,近阶段主要看跟报考的课程相关的教材和教学参考书;除了在机电厂上班之外,业余时间还担任了黄浦区一家集体企业的兼职供销员,星期天和节假日为他们推销产品,赚点外快。"路梦还把那家企业发给他的贴有照片并盖有钢印的工作证、产品样本与价目表、一叠空白的产品销售合同、印有那家企业"供销科业务员"头衔的名片给那人看。那人看了之后,若有所悟地说:"哦,我明白了,文学创作需要广泛的生活体验。你是为了深入生活,增加生活体验而做兼职的,对吗?"路梦答道:"不对,主要是为了挣钱,将来讨娘子、养儿子,一穷二白怎么行呢?这份兼职我是看到《劳动报》中缝的一条小小的'招聘启事'后找到的,平均每个星期天出去一趟就能赚到在咱厂里工作一个月的工钱。"最后,那人还想从路梦的口中套出点什么,问道:"我猜猜看啊,你女朋友比你大几个月,剪着短发,相貌比较一般,读书挺用功,而且很有才气,对不对?"路梦早已猜透他是受何人之托充当"特使"的,却故意嬉皮笑脸半真半假地答道:"不,我女朋友比我小三岁,长得非常漂亮,长发披肩,学习成绩很差。呵呵!"最后,路梦跟这位校友兼同事说道:"如果世界上有好人、坏人之分,那么,我现在可以肯定,你属于好人。"

然而,路梦并没有及时主动与韩晓露联系,而且,实际上他再也没有以任何方式主动与韩晓露联系。因为他太在乎她,所以,他实在受不了她,受不了她的捉摸不透,受不了她的摇摆不定——《红与黑》中的弗朗索瓦一世说过:"女人常变,信者实愚。"他怕自己不是她心中的"唯一"——无论是过去、现在,还是将来,怕哪一天突然真的会失去她,怕自己没有能力让她永远幸福、快乐,怕自己一不小心又刺伤她过于敏感的心……太多的瞻前顾后,使路梦依然选择了让爱的火焰自生自灭的"冷处理"方式。

与此同时,珊珊已悄悄地进驻路梦的心间,渐渐地成为路梦生命中不可分割的一部分,成为他喜怒哀乐的主宰。

1986年12月19日,路梦收到韩晓露于当月17日寄来的一张明信片。一面是荷兰十七世纪现实主义绘画巨匠伦勃朗·马尔曼松·里因的一幅油画,画中人的容貌气质与韩晓露颇为神似。另一面是用钢笔书写的几行英文:
Merry Christmas & Happy New Year.
Enjoy your life all the time and
My hand of

Friendship is always extended to you.

遗憾的是,路梦没有从字里行间破译出任何超越普通朋友或同班同学之间的"友谊"层次的信息或暗示。他礼节性地答寄了一张贺卡,贺卡上印着:

"悄悄问穹苍,别来可无恙?寄语白云间,祝你永平安。"

此时此刻,路梦已对韩晓露心灰意冷,爱的熊熊烈火似乎已经熄灭。

1990年春,路梦突然接到韩晓露打来的一个电话。

"我已经结婚了,今年春节办的喜事。"

"你不要吓我哦!你是在跟我开玩笑,对吧?"

"是真的……我想有个家。"

"嫁给了哪位同学,还是哪位达官贵人、富豪子弟啊?"

"跟我一个部门的一位同事,浙江大学毕业的,比我大三岁,老家是浙江偏远山村的,家里很穷的,他老家我一次也没有去过,我是欣赏他的才华……"

"为什么会这样?为什么?你知道我多么、多么的喜欢你吗?"

"只有失去了,才显得珍贵;只有失去了,才知道珍惜。你说,是吗?"

"不是的!你不知道自己有多么可爱!你不知道我多么的爱你!从来如此!从来如此!你赔我,赔我,赔我一个完完整整、纯洁无瑕的韩晓露……"

"你一定是前世欠我的。哦,明天,我到城南来看看你。顺便,跟你借一本书,钱锺书的《围城》,你一定有的,对吧?这几天,我老公到外地出差去了,很远的地方,要一个多月之后才回来。"

"你不要来!不要来!永远……"

当天夜里,路梦突然从梦中惊醒,梦中的情景仿佛就在眼前——韩晓露走进教室,含娇带嗔地看了一眼坐在她座位后面的路梦,刹那间,四目对视……

泪流满面、泣不成声的路梦趴在床上为韩晓露写下了一首诗《致银河中那颗含泪的星座》:

"你曾经为我所发出的每一份光、每一份热,

我终将全身心地一一感受,

不管其间会有多少光年之隔。

在每一座高山、每一道峡谷,

我以我的生命为你刻铸:

最心酸的祈祷、最伤感的祝福,

你可要珍惜,珍惜我此生这唯一所求——

祝你幸福。"

这是路梦献给韩晓露的第一首诗,也是最后一首诗。

日复一日,年复一年,不知多少次,夜深人静,路

梦的迷错

梦总会被一个同样的梦所惊醒。每一次醒来,泪水都沾满了枕巾。梦中的情景历历在目——韩晓露走进教室,含娇带嗔地看了一眼坐在她座位后面的路梦,刹那间,四目对视……

第十二章 "小小的城"

跟珊珊在一起的每一段时光,有欢乐也有忧伤,但,总是充满了诗情画意,就像路梦写给珊珊的一首诗中描绘的那样。

多少次,多少次你我对视,
在灯下,悄然无语。

梦的迂错

春风吹动
你的歌声,你的歌声
一如春风
诗意朦胧,吹开了
万紫千红。

多少次,多少次你我携手,
在梦里,逐浪嬉戏。
海浪轻吻着
你的秀发,恨恨地
我望着你,宣泄着
温柔的妒忌。
"涨潮了!"你的微笑似浪花
打湿了
我的额角,狡黠的目光
恰若潮涨。

第十二章 "小小的城"

多少次，多少次你我啜泣，

在林中，远远地分离。

折尽了柳枝，我发着誓：

"从此，不再见你……"话音未落，

心却已化作

长风，伴你

同行。

自从路梦充满戏剧性地遇见了天上掉下来的这位"神仙妹妹"，空前绝后地与第一次遇见的少女海阔天空地从晚上九点多一直聊到第二天凌晨两点多之后，不知不觉已整整一年，人间已是公元1986年5月22日，在这个一周年纪念日，路梦写下了《小小的城——献给亲爱的小珊珊》：

我的心，小小的城，

寂寞、凄清。

你飘然而来，

飘然而来,似轻轻的春风一阵,
似皎皎的秋月一轮。
小小的城,便笼着
悠悠的梦。

小小的城,你的心,
幽雅、迷人。
我悄然而来,
悄然而来,敲叩你高高的城门:
"嘭嘭"的回声终古不停,
小小的门,紧锁着城中
隐隐的风景。

公元 1986 年 9 月 5 日晚上,路梦跟珊珊又在校文学社指导老师郭先生办公室"碰巧"遇到了。不一会儿,善解人意的郭先生故意找了个借口离开办公室,说:"我出去办点事儿,半小时后回来。"给他俩留出了单独相处的机会。

珊珊坐在椅子上,披肩秀发半掩着那张异常清秀的鹅蛋脸。

路梦注视着珊珊。珊珊低垂着头,一会儿又仿佛不经意地抬起头,与路梦对视。时光在一分一秒地流逝。

"珊珊——"路梦突然站了起来,走到珊珊身旁。

"怎么啦,你?"珊珊也站起了身子,薄薄的深色印花连衣裙显得那么飘逸,将那楚楚动人的身材衬托得格外摄人魂魄。

"我爱你,珊珊。"路梦突然从身后一把搂住珊珊的纤腰,他的腹部和下身贴住了她浑圆的臀部,隔着彼此薄薄的衣衫,他感受得到她的体温,他以迅雷不及掩耳之势将自己的手往上移动,迅速到达她丰满而酥软的胸脯,在这永恒的刹那间,一股从未有过的醉人的感觉就像一股强大的电流霎时通遍了路梦的周身。

"不要,不要这样啊!"猝不及防的珊珊受了惊吓。

"求求你,珊珊!"他抱得更紧了,他的嘴唇开始亲吻她的耳朵、脸颊,"我爱你!"

"不行,不行!"珊珊开始挣扎,"你怎么这样冲动啊!"

"我要你!"他的理智开始控制不住自己的躯体,"珊珊!我要!"

"不可以,冷静点,快放手!"

"我不!"

"快放开我!"

"求求你,珊珊!救救我!"

"放开我!我命令你!"

"哦,不!"

"快放手!再不放,我要喊人了!"

"珊珊……"

"马婧!我在这儿!"珊珊真的大叫了一声,叫的虽然是她的一位"闺蜜"的名字,路梦知道她俩的关系,但,这已足以把他吓醒了,理智战胜了本能的冲动。他的脸霎时变得煞白,手松开了。

此后,路梦一次次约她见面,她都置之不理。

路梦写给珊珊的情书从委婉地引用宋人词句"从此情无计可消除,才下眉头,却上心头。"(李清照《一剪梅》),到毫不掩饰地表白"我愿为你而死,更愿为你而生""有了你,地狱即天堂;没有你,天堂即地狱",不断升温。

然而,越来越热烈、越来越疯狂的爱情告白不仅没有收到预期的效果,反而得到了珊珊"我讨厌你"之类的回应。

不能理解少女的矜持、忘了《学生守则》中的"清规戒律"的路梦误以为出现了"第三者",又一次陷入了"失恋"的痛苦之中。

1986年10月18日,中秋之夜,皓月当空。

电校草坪上,路梦对酒当歌,且歌且哭,一醉方休。留校在保卫科工作、陪伴路梦一起饮酒赏月的老同学魏桦旺实在不忍心眼看着好友如此这般备受"失恋"之痛的折磨,冒天下之大不韪,以学校教工的身份到学生宿舍找来了珊珊,让她好好安慰一下路梦。似醉非醉、似醒非醒的路梦隐约地听到珊珊在他身边说:"魏老师,我不知道该怎么做才好……现在,我心里很乱……"

1986年11月10日晚上九点,路梦在郭先生办公室重又邂逅珊珊。

珊珊进门时,肩上背着一年前路梦花掉一个月的工资特意买来借给她的那把吉他。那天,校文学社第二任社长、路梦的铁杆哥们儿罗伟也在场。

罗伟说他跟他女朋友之间正在闹别扭。他问珊珊:"假如是你,明明深爱着某个人,你会不会说你讨厌他呢?"

珊珊瞥了一眼路梦,轻声答道:"可能会的。"

罗伟又问珊珊:"你觉得,给女朋友怎么写情书最恰当?"

珊珊想了想,答道:"写首诗给她。"

郭先生提议:"珊珊带了吉他,咱们一起欣赏一下吧!"

珊珊没有推辞。她拨动琴弦,轻轻弹唱了《我是一片云》,歌声清纯而洒脱。

我是一片云,

天空是我家,

朝迎旭日升,

暮送夕阳下。

我是一片云,

自在又潇洒,

身随魂梦飞,

它来去无牵挂。

这是台湾女作家琼瑶的言情片《我是一片云》的主题歌。

接着,珊珊又弹唱了琼瑶的另一部言情片《在水一方》的主题歌《在水一方》:

绿草苍苍,白雾茫茫,

有位佳人,在水一方。

绿草萋萋,白雾迷离,

有位佳人,靠水而居。

我愿逆流而上,

依偎在她身旁,

无奈前有险滩,

道路又远又长。

我愿顺流而下,

找寻她的方向,

却见依稀仿佛,

她在水的中央。

我愿逆流而上,

第十二章 「小小的城」

与她轻言细语,

无奈前有险滩,

道路曲折无已。

我愿顺流而下,

找寻她的踪迹,

却见仿佛依稀,

她在水中伫立……

这是路梦当时最喜欢的一首歌曲。此时此刻,歌中的"我"不正是路梦么?歌中的"佳人",不正是珊珊么?

停了一会儿,珊珊神情忧郁地弹奏了一首曲子,旋律如星夜一般柔美,如流水一般清澈。那是一首《爱的罗曼史》的吉他曲。它曾是法国影片《被禁止的游戏》的主题曲。从珊珊的指尖轻轻流淌出的一串串音符仿佛诉说着一个罗曼蒂克的故事,又仿佛在向路梦暗示着什么……

路梦注视着珊珊,静静地倾听着。

几分钟之后,琴声戛然而止。

珊珊望了一眼坐在她斜对面的路梦,然后,开始弹唱《含泪的眼》(小轩作词、谭健常作曲):

昨夜你又走入我梦中,

梦里还是那双含泪的眼,

忘了吧!忘了我,何必希望再重逢。

不忍对你说一声珍重,

离去的心会因你而碎,

忘了吧!忘了我,别让心灵再疼痛。

怎么能够告诉你,我已经不再属于你,

曾经那么动人的爱情也只不过是回忆,

但愿时光能倒流,

流回那年深深的恋情,

流回曾有的温柔……

当珊珊唱到"但愿时光能倒流"时,路梦终于按捺

不住内心的激动,跟珊珊一起合唱:

　　流回那年深深的恋情,

　　流回曾有的温柔……

　　随着时光的推移,路梦心头的暴风骤雨渐渐平息,他的心境渐趋平静,开始恢复了理性。

　　此后,路梦在写给珊珊的一封信中借用美国女诗人艾米莉·狄金森的两首诗表达了自己的情意。

　　Little Angel:

　　忆否?去年四月下旬的一晚,你我共同拥有着那一瞬间:你轻轻地吟诵起艾米莉·狄金森那不朽的诗篇——

　　假如我能缝补一颗破碎的心,

　　我将不会毫无意义虚度一生;

　　假如我能让痛苦的生命有所慰藉,

　　灼热的创伤得到安静,

梦的迷错

让一只孤苦伶仃的欧掠鸟,
重享那窝的温馨,
那我就不算一无所获度此一生。

多么愿意,多么愿意那一瞬间重新回到你我身边！多么愿意,多么愿意能让你倾听我心中深深的呼唤,一遍又一遍——
暴风雨夜,暴风雨夜!
我若和你同在一起,
暴风雨夜就是
豪奢的喜悦!
风,无能为力——
心,已在港内——
罗盘,不必,
海图,不必!
泛舟在伊甸园——
啊,海!

但愿我能,今夜,

泊在你的水域!

路梦
1987 年 2 月 28 日

　　1987 年 4 月 9 日晚上,路梦在电校文学社指导老师郭先生办公室跟郭先生以及罗伟一起聊天。

　　珊珊突然敲门进来了。路梦的心跳顿时异常加速。

　　办公室内霎时一片寂静。

　　"过五分钟,我就要走的,"珊珊说道,"我还要到学生会买校车车票。"

　　路梦、郭先生和罗伟三人的目光一齐盯着珊珊。

　　"明天,我还要考《电工学》……"珊珊又说。

　　"我想,你一定会考及格的。不会不及格。"路梦对珊珊说道。

其实，路梦这句话并不是随便说说而已。珊珊所在班级《电工学》任课老师丁先生是路梦的一位朋友。不久前，丁先生到路梦那儿串门，路梦特意跟他打过招呼，请他"关键时，拉彭珊珊一把"。丁先生没有拒绝。

又是片刻的寂静。

罗伟忽然意味深长地说道："听说，路梦到电校来，既不是为了找郭先生，也不是为了找我，而是为了找另外一个人。"

路梦注视着珊珊的眼睛。

珊珊沉默不语。

时光飞逝如电，一晃两年又过去了。

路梦在写给珊珊的一封信中，对珊珊的称呼既亲切又特别：

"梦娃娃"：

你好！

第十二章 「小小的城」

要是我没有记错,要是邮局没有耽搁,当你收到这封信时,正是你二十周岁生日,那么,我为你衷心地祝福:

春天里诞生的安琪儿,

春风会带给你幸福、欢乐!

曾经是依然是你的朋友　路梦
1989 年 2 月 14 日

那时,珊珊已经顺利完成学业,毕业分配在一家国营企业,从事档案资料管理工作。接到路梦的生日祝福后不久,珊珊主动打电话给路梦,约他在江城市中心的人民大道碰头。

在离人民大道不远处的音乐书店二楼所设的咖啡厅里,客人稀少,灯光幽暗。

梦一般的烛光,梦一般的音乐。

包厢内,路梦、珊珊二人并肩而坐,平静而谈。

远处的音箱突然响起了吉他曲《爱的罗曼史》。这久违了的旋律似乎有一股神力,它让两个若即若离的灵魂终于鼓足勇气,冲破心与心之间的"柏林墙",坦诚相见。

一个让路梦困扰已久的谜团终被解开——当时,在校期间谈情说爱属于"被禁止的游戏",要是有出格的行为更是大逆不道。珊珊的班主任一直关心着学生的学习情况。当他发现珊珊出现了恋爱的"苗头"时,便马上找她做思想工作。于是,担惊受怕的小珊珊开始逃避路梦。

往日的误解顿时烟消云散。

路梦从随身携带的背包中取出一副崭新的扑克牌,问道:"你会打牌吗,珊珊?"

"我,只会打关牌……"珊珊低着头,羞怯地答道。

"其实,我也只会打关牌,"路梦微微一笑,"我们打关牌,'赌博',怎么样?"

"嗷,你这么老实的人,居然也会赌博?"珊珊不解地问,没等路梦回答,又问道:"赌就赌,怎么讲输赢?"

"要是我赢了的话,你让我吻你;要是你赢了呢,我让你吻我——绝对公平,怎么样?"路梦眨了眨眼睛。

"啊?你真坏,你真坏,简直坏透了!"珊珊小鸟依人地扑进路梦的怀中,娇嗔道,"我真恨你,我真恨你!"

"怎么恨法?"路梦搂紧了珊珊。

"我恨不得把你吃了!"珊珊瞪着媚眼,撅着樱桃小嘴。

"吃吧!"路梦温柔地低下头,把自己的嘴唇贴近了珊珊的嘴唇。

两个真心相爱的灵魂,如饮醇酒,彼此献出了珍贵的初吻……

尾声

红尘万丈,人海茫茫。星移斗转,人世沧桑。

多年以后,路梦毅然离开机电行业,调到一所著名高校工作,成为一名潜心研究人文社会科学的学者,在跨学科研究领域颇有建树;他主讲的课程成了该校学生追捧的热门选修课之一。韩晓露下落不明,传说在大洋彼岸定居。张志高也彻底放弃了机械专业,通过不懈努力,他不仅很早就通过了律师资格考试,而且还获得了注册会计师资格、注册评估师资格,后来,与他人合伙创办了一家律师事务所,业务覆盖长江三角洲地区。欧阳凤琴则在一家著名德国公司担任高级管理人员。施鲲鹏最早辞职下海,后来,创办了一家文化传播有限公司。沈利华、杨建平分别在城东的一家专门制造探矿机械的企业和城西的一家专门制造铣床的企业一直从事技术工作,后来,都成了各自所在单位的技术骨干……

多年以后,江城理工学院(其前身为"江城机电制造学校",简称"电校")校庆,校友云集。昔日同学聚会,欢声笑语不断,唯独不见韩晓露。怅然若失的路梦耳畔响起了一首在他心底吟诵过不知多少回的《逝者如斯》:

就在那边,

在那野烟低迷的莲塘边,

梦的延错

你醉人的一笑，
笑成了一朵娇羞的睡莲。

微风轻轻地吹过，
露珠从花瓣间轻轻地滴落，
"不，"你说，"现在还不。"

岁月在脚下潺潺，
我涉水去那边盘桓，
野烟清风依旧，
不见莲花的娇羞。

猴年马月定稿
于海上冰雪阁